ダルマさんがころんだ

由乃坊

文芸社

ダルマさんがころんだ　目次

赤い姉ちゃん

私と一番上の兄とは二十歳の年齢違いがある。兄が結婚したのは私が小学校入学前だった。

兄の嫁さんが結婚式にどんな姿で来たのか、季節は春だったのか、夏か、秋か、どのような状態だったのか、まったく覚えていない。気がついたときには兄嫁を「赤姉ちゃん」と呼んでいた。赤姉ちゃんは何歳だったのだろうか？　美しく輝いて見えたからだろうか。私は、八人の兄弟姉妹（三男五女）である。他に死産の子もいたそうだ。私は七番目で、一番多いときで十二人か十三人の家族であった。食事は一人ひとりが丸い形のものや四角いお膳で、親父のお膳だけが一回り大きく籾殻《もみがら》塗りというのか朱塗りのお膳で、大変にぎやかな食事風景で、夕食だけが全員揃っていた。食後はてんでに御膳棚にお膳を片づけた。しかし、その時代の兄弟の記憶がまったくない。それなのに、兄嫁には記憶がよみがえる。それは、私の小学校の入学式（昭和十八年四月一日）である。そのときの母は四十歳をとうに過ぎていた。この時代の親たちは誰もがみんな苦労したのか、老けて見えた母であった。

親父や母、兄姉がどのように話し合ったのかわからないが、四月一日の大野郡下庄村尋常小学校の入学式には、母ではなく兄嫁に連れられて一緒に学校に行った。

当日家を出るとき、カバンを担いでいたのかどうか、兄嫁と手を繋いで学校に向かったのかどうか記憶にないが、母が玄関先の小川の橋の上から笑いながら見送っていたのを覚えている。

小学校の溜まり所（室内競技場）でゴザを敷いた床に座らされた。演壇には立派な机とその横の台に格好のよい松の植木鉢があり、正面の壁際には日の丸の旗が飾ってあった。天井は合掌造りの木材で、つなぎのところが金具と太いボルトで締めてあるのが丸見えである。こんな建物を見るのは初めてだから物珍しかった。保護者たちは講堂の端に立って見守っていた。初めての学校に不安だったのだろう、私はとにかく赤姉ちゃんを一生懸命に見ていた。各組の先生が紹介され、女性ばかりであったように思う。

名前を呼ばれて教室に案内された。教室は大きな梅の木が二本ある、先生方の玄関のそばである。

私の組の名前はいろはの「い」組である。生徒の数は何人だったのだろう。

机の上に当時としては普通だったのか、一人ひとりの名札が貼ってあり、難しい漢字でみんなの名前が書いてあった。座った場所は、中庭の窓側から二番目の、前から四列目の二人用の机であった。隣に座っていたのは、いまでも友人として交際している木勢君である。私よりはるかに背が高かった。

自分の机の右上角には、由乃坊と書いてあり、横の席は木勢喜代治と書いてあった。漢字には振り仮名が打ってなかったように思う。

保護者たちは廊下や教室の後ろから見守っている。

教室の中できょろきょろと赤姉ちゃんをさがし、見つけるともう振り返らず先生の話を聴くのが精一杯だった。

先生はうりざね顔で、名前は常実と言い、色白で母親よりもっと年がいっていたように思える優しそうなオバァチャン先生であった。

夕食のとき、小学校での話になり、皆から、

「どんな先生や、おまえの隣は誰や」

と言われ、

「ツネミという年老いた女先生や。隣の子はこんな字やった」

と指でなぞると、終わりまで書かないうちに、

「木勢や」

と理解してくれた。

「毘沙門の木勢か、町新井（中荒井）の木勢かな」

兄たちが話し込んでいた。名前を聞くだけで、だいたいどこの地域に住んでいるかわかる時代である。これ以外の入学式の思い出がない。漢字は我ながら難しい字を覚えて帰ったものだ。

私の町内はいまでいう町端の当時としては新興住宅地であるため、同級生になる仲間が五人いたが、三人（Sちゃん・Eちゃん・Kちゃん）は大野町の小学校に行ったので、私の同級生は路地奥の女性（大崎礼子さん）だけであった。

四月八日に始業式があり、朝早くから、町内の四年上の隣の清ちゃんが、

「坊《ぼう》ーちゃん、学校行こう」

と誘いに来てくれた。坊ーちゃんとは私のことである。

私は、この「坊ーちゃん」と呼ばれるのが嫌で嫌で仕方がなかった。「坊っちゃん」なら良家の子供のようにかっこよく聞こえるのに、なにかボーッとしているみたいで。

家族はもちろん、町内でも誰一人正式な名前を呼んでくれた者はいなかったが、学校では近所の友達以外は坊ーちゃんと呼ぶ者はいなかった。

今はニックネームで恥じることはないが、この当時は、渾名《あだな》と言われて大変困った時代である。

女が三、四人続いた後に男が生まれたから「坊、坊、」と呼んでいるうちにこのように坊ーちゃんになったのではないか、と母が言ったように思う（子供時代の呼び名というものは年老いた今になっても懐かしく、何十年ぶりに町内にいた者と顔を合わせると「坊ーちゃんでないんか、ぼうちゃんやろ」と呼ばれてお互いに懐かしさを覚える）。

この時代は戦争の真っ最中である。あるとき、授業中にサイレンが二回鳴った。警戒警報の発令である。みんな教室から飛び出し、近くの神社の石垣や庭石、大きな欅《けやき》の木の根っこに伏したものだ（今でもこの神社と欅などが残っている。交通指導員をしていたときに母校に指導に行き、子供のころに眺めた大木が思ったほど大きくなく、石垣も低く懐かしかった）。

普段の授業時間に習った、防空頭巾をかぶり、目と耳をふさぐ訓練どおりに避難した。怖さとか恐怖心より、なんでこんなことをするのだろうと子供なりに思った。一週間に何回も訓練した。また、家に帰ると近くにある大きな柳の木の下で年老いた男性や女性たちがわら人形で竹槍の訓練もしていた（今思えばこんな状態では戦争に勝てるわけがない）。

戦争の怖さがわかりかけたのは二年生になってからだ。長山先生が代わり（私のような

年頃の子供のいる女先生）、

「名前を呼ばれた人は残りなさい」

と言って、私を含めた組の七、八人の男女が残された。家に帰る子供たちから、

「残りん坊、残りん坊」

と冷やかされた。

そのとき、先生からいろいろ戦争の怖さを知らされた。そして、

「これから皆に図画を描いてもらいます。描いた絵を外国（インドネシアのほうだったと思う）の友達に送ります」

と言われた。

今思うと、残った子供はわりかし図画の上手な者ばかりだったようだ。

私は風景や教室の中の様子を描いたが、一番上手に描けたのはシェパード犬だった（今でもシェパード犬を見るとあのときの絵を思い出す）。

戦争中なのに、この絵が本当に外国に行くのかなと思った。

大人になってから、あのときの絵は（実際は用途が違ったので）軍事慰問品として利用されたのではないか、と考えることが多い。

二年生の終わりごろ（三月の中旬）、十センチほどの雪が降った。

学校から帰ると、積もった雪で高さ四、五十センチほどの雪ダルマを作った。シャーベット状の雪で、下のほうは立体的に丸くしないでスカートを広げたようにどっしりしていた（当時はダルマが下も丸いとは知らなかったのである）。目玉や鼻、口はそのへんに落ちている石で顔を作り、バンバ（子供用木製雪かき具）を刺してうまく仕上がった。場所は家の真向かいの、電信柱の横であった。三、四日すると春先の暖かい気候のため、ダルマは解けて転んでいるように崩れてしまった。

向かいは母の実家が経営していた大きな織物工場である。窓という窓には細く切った和紙が縦、横、斜めに貼ってあった。窓ガラスに貼ってあったのが和紙だとわかったのはそれから後のことである。

この時代くらいまで兄嫁のことを、「赤姉ちゃん」と呼んでいた覚えがある。

それから、いつごろになって「赤姉ちゃん」と呼ばなくなったのか覚えていない。

自分が結婚してからは義姉《ねえ》さんと呼んでいたが、もう故人である。

妹の帳面作り

妹とは遅くまで一緒に寝起きをともにした。敷き布団を横にして二人で並んで寝ていた。私は小学校に上がるまで寝小便をしていた覚えがある。そのときは妹がしたのか自分がしたのかわからない。たぶん二人ともしていたのだろう。朝起きると敷布団いっぱい小便だらけであった。母親は怒るでもなし、夜になると布団は乾いていた。現在のようにシーツを掛けるでもなし、乾いた布団はかぺかぺでごわごわしていた。それでも母は、

「どこどこの誰は、中学に行くようになってもまだ寝小便をするそうだ」

と言って私たちを安心させてくれた。

妹が来年は小学校だというので、夏休みのある日、帳面を作ってやった。

この時代には帳面らしきものはなにもなく、色の悪いわら半紙を四つ切りにした紙で帳面を作る用意をした。木綿針に糸を通し紙を縫うのであるが、糸が短く針を板の間にさして糸をとりに立ちあがった瞬間、足の裏で針を踏んづけ、折れた針の半分が足の裏に突き

刺さった。そのときに足の裏を見たけれど、傷口はあるが折れた針の半分がない。板の間は隙間だらけだったので、縁の下に落ちたのかと板をまくって探したが、見当たらず、よくよく足の裏を見ると傷口がチカッと光る。

「これや」

と抜こうとして指先に力を加えるが、抜けない（この時代に家にラジオペンチかとげ抜きがあれば取れたのだが。また大人たちも留守であった）。帳面を作った後、午前中は別に痛いわけでもないので、メンソレータムを塗ってそのままにして昼どきを待った。

「足の裏に針が刺さっている」

と言うと父親が、

「どれどれ」

と足の裏を見て撫でまわし、

「なーも刺さっておらん」

と言い、

「刺さっているんや」

と言うと、

「ほんなら医者行ってこい」

と言ったので一番上の姉に自転車の後ろに座らされて、町中にある外科医院に連れていってもらった。

レントゲンを撮り、医者が、

「チクッとするぞ」

と言うと、

「ハイ取れた」

「なんやはや取れたのか」

しかし、実際は時間がかかっていたらしい。

針が刺さってからわずか三時間ほどの間だったが、針は骨にくっついてなかなか取れなかったそうだ。

「針は体の中では回りが大変速い。心臓まで行くと死んでしまう」

とその医者に聞かされた。ものすごく怖かった。

家に帰ると、白い包帯をした私の足を見た近所の子供たちから、

「伊達《だて》巻き、伊達巻き」

と冷やかされた。

午前中一緒に遊んでいたから、不思議に思ったのではないか。それから何日間はガーゼ

を替えに医者に通った。

そのときの傷口はいまでも残っている。

この時代は、足の裏で釘など踏むと傷口を金槌《かなづち》でたたいて治したものだ。それで治るから不思議なものだ。

戦争の味

相変わらず戦争は続いている。食べる物も少なく、真名川《まながわ》の河原で畑を耕し穀類をはじめ多種多様の野菜を作った(現在はマレットゴルフ場や野球場やサッカー場になっている)。

あるとき、戦争が激しくなり、

「大野の家もやられる」

と言うので、叔父さん家と一緒に河原に大きな小屋を作り、その中に家が戦争で燃えたら建てられるようにと木材をいっぱい積んだ。積んだ木材の一番高いところで母と従妹たちと寝起きをした。親父や姉たちは家で寝泊まりをしていたから、河原に寝泊まりしているのは母と叔母さんと子供たちばかりである。

河原に寝泊まりするのは毎日ではなく、警戒警報が発令されたときだけであった。

その日は情報がなかったのか、家で寝ているとき、警戒警報のサイレンが鳴り響いた。

警戒警報はいつも二回サイレンが鳴る。間もなくして今度は立て続けに何回となくサイレンが鳴り響いた。空襲警報だ。気楽に寝ているところではない。部屋を暗くするために蛇腹の傘（灯りが外に漏れないための傘）の電灯を消して、家族と一緒にすばやく近くの田んぼに逃げ込んだ。兄と二番目の兄は戦争に行っていた。

家並みからは三百メートルほど離れた木瓜川の縁の田んぼの中。川の縁に花菖蒲の株がいっぱいあった。現在は住宅地に変わっているが、今でもだいたいその場所がわかる。

どんより曇った鉛色の夜空を見上げると、Ｂ２９が数えきれないほど福井市に向かって飛んで行った。戻ってくる飛行機もあるようだ。飛行機の爆音が響きっぱなしである。今にも爆弾を落とすかと思うと、空を見上げていられない。十機か、二十機か、三十機かすごい数である。

やがて、花山峠から赤く染まった夜空が浮かび上がった。三十キロは離れている。遠いところの空だ。色を表現することはできないが、夕日のように見えた。その中に、チカチカ光るものが終わることなく降り注いでいた焼夷爆弾であった。近くに逃げ込んだ人たちや親たちが、

「福井がだいぶ燃えているな」

と言うのを聞き、福井の伯母《おば》さん家は大丈夫なのかと思った。

伯母さんは、布団をかぶり近くの小さな川に伯父さんや子供たちと浸かっていたので助

かったそうだ。防空頭巾だけをかぶった者はみんな焼け死んだそうだ。

このときからではないが、擂《す》り味噌の味噌汁がどうしても食べられなくなった。

実家の味噌は臼《うす》でついて作っていた（自分も子供のころよく加工を手伝った）。私は豆粒がそのままの形が残っているのが好きだったからなにも思わなかったが、社会に出てから擂り味噌の味噌汁を出されると、箸で混ぜたときモァッとなる。それを見ると福井空襲の空の色が頭に浮かび、恐怖心のためか食べられない。いやな思い出だ。

その経験を最初にしたのは、若い衆（自転車業の店員）時代（二十二歳ごろ）に関東の群馬県に一週間ほどオートバイのエンジンの研修にでかけたときだ。最後の日に、はとバスで東京見物をして、上野駅近くだったか浅草観音の近くだったか、デパートか食堂だったのかで昼食を取ったとき、定食のお膳にお汁が出された。なんのお汁かわからなかったが、蓋付きのお椀の色が緑は黒く中が赤い色で、中身が擂り味噌で光るような具が入っていた。お椀の色と味噌汁と福井空襲の空の色が調和したようによく似ており、光り加減か何だったのかわからない。見ただけで気分が悪くなり、食事をやめてしまった。それが初めての擂り味噌である。

最初はどこの家庭でも田舎味噌（臼でついた）ばかりであったが、地方だから擂り味噌に変わっていったのはだいぶたってからである。

妻と一緒になってからは味噌を二人で加工して作ったが、現在は味噌専門店に頼んでいる。

年老いてから擂り味噌は食べるけれども、味噌汁の味が半減してしまい、現在でも汁は残すことが多い。

ことのついでに笑い話を。

はとバス観光の後、夕食を東京駅近くの神田美土代町にあったと思うがＹＭＣＡ（男性専用の宿泊施設と聞いた）というところで、初めて洋食を経験した。

地下二、三階にあり、地上から少し入っただけで大変静かな所であった。

私にすると物珍しいことばかりで、研修は北陸関係の者が多くいたのを覚えている。福井県からは私一人であり、石川県金沢から来た者と仲良くなって並んで座っていたが、会社関係のお偉方が一緒で窮屈をした。また、後ろには蝶ネクタイをしたボーイさんが三人に一人ぐらいの割合で立っており、緊張のあまり料理の味はしなかった。

皿や料理を目の前で盛り付けしていく。スプーンやナイフやフォークは使ったことがないので、箸をお願いした。料理のときはまだよかったが、最後にコーヒーが出された。順番に皿を並べて、コーヒー茶碗を置いてスプーンも置いていく。これも初めてのことなので戸惑った。茶褐色の香ばしいにおいのきつい飲み物である。角砂糖をそれぞれ二個ずつ置いていく。この角砂糖が大変困った。座席がコの字型の客席で、中央には会社関係の方ばかりなので飲み方を真似ることにしたが、どの方を見てもすでに角砂糖がない（今思えばコーヒー通は砂糖を入れない）。早々と食べてしまったと思い、金沢の友達もきょろきょろしているので皆で食べることにした。

二個食べ終えてから、これは大変甘いお菓子だと思った。とにかく角砂糖もコーヒーも見るのが初めてである。みんな未経験者なので、旅の恥はかき捨てをやってしまった。後ろに控えていたボーイたちが、すかさず角砂糖をまた二個ずつ置いていく。そして、

「最後にコーヒーの中に入れてください」

と耳打ちして教えてくれた。

帰る夜行列車の中でこの話が持ちきりで、にぎやかであった。このときの写真を見ると笑い顔になる。

お粥

戦争中から戦後にかけて食糧事情が大変悪かった。配給制度があり町内から衣食類が配給された時代である。衣類や学校での靴の配給などは抽選である（五十人に三足ぐらいの割合で、質の粗悪なゴム長靴、それも町の子供は学校に近いから抽選に参加させてもらえない）。先生が棒線くじとか番号くじを黒板に書くと、自分はくじが引けないけれどもなぜか自分の思う棒線や番号が三回に一回は当たった思い出がある。

配給米は配給所からもらってくる。子供ながら何回か母と米穀通帳を持って、もらいに通ったことがある。

配給米は当時年齢に応じてもらえた。家では四つ年上の姉たちが一番たくさんもらえ、一日分が一合二勺《しゃく》（二百グラムほど）であった。親たちは九勺である（今でもその家「エイダン配給所」が残っているのを見ると思い出す）。

また、父が仕事関係で在所の農家で仕事の駄賃に物々交換ではないが、米をもらって帰ってくる。途中、真名川という大きな川があり、夜になると橋の袂《たもと》で駐在所の巡査に待ち伏せされて大切な米が没収されてしまった。

米の量は二升ほどだけど、一回没収されてからは畑を作っていた河原の小屋に置いて没収されることを避けた。このとき没収された米はどうなったのか、いまだにわからない。誰が食べたのだろう、と今でも考える。

町内の配給制度では、衣類などはほしい人だけが抽選でくじを引く。食品などは、さつまいも、とうもろこし、メリケン粉（小麦粉）。このメリケン粉でお汁にホートン（メリケン粉を水でやわらかくねったもの）を作って食べるのがわりと好きであったが、粉が古いせいかすっぱいときもある。捨てるわけにいかないから、古い粉と新しい粉を混ぜて食すると味が少し落ちるが、贅沢《ぜいたく》は言えないから食べることができた。これらもみんな主食物である。

うどんやそばも加工した。現在は贅沢になってそば打ち名人大会などやっているが、食文化の発展の証しであろう。私に言わせると、子供時代にいやと言うほど作らされたから、いまさらという感があるが……。この飽食の時代に、いかに口の肥えた者たちに合うように技術や味を進歩させるかは、難しいのではないだろうか。

こんなことを言うと、そば名人に怒られるかもしれない。

そばは最初に石臼で粗挽《あらび》きをして外皮を取り、次にゆっくりと臼で挽くのである。いつも午前中いっぱいはかかった。遊びたいばかりに早くそばを挽き臼に入れると、きめこまかな粉ができず、加工したときにそばとしての味が半減してしまう。

石臼の心棒が回転によって減ってきたりすると、臼が楕円《だえん》形に回り腕の力がより以上にかかってくる。臼の心棒を替えたり石臼からの粉の落ち具合が悪くなったりすると、今度は石臼の目を鑿《のみ》状の金槌でたたき、臼に目を立てるのである。

臼の目が深くても浅くてもダメである。回転方位にそって立てる（これらはみんな親父から言葉で習うだけで手にとって教えてくれない。また姉や妹はこのような手伝いはしなかった）。空回しして辺りをならし掃除をする。現在のように掃除機がないから大変である。

大きな粉鉢で粉をこねるとき、こね方やゆで方で味が相当変わる。何回もこねていると軟らかさや硬さ、水分量までが勘《かん》でわかるようになり、母がよく、

「硬さは耳たぶの硬さ」

と言っていたが、実際は適当にこねたものである。しばらくこねていると、手についている粉がきれいに取れるので、それまではこねる。

ゆで方も、大きな四升釜で煮えたぎった湯量で釜とにらめっこである。三、四回繰り返

し、最後の水きりが勝負どころである。もろぶたに三杯分ほどいつも加工した。

加工する量はうどんが多く、後でそばを加工するので、加工するのがいやになると残った塊でそろばん団子を作る。ちぎった団子を手のひらでくるくる回してこねていると、手のひらのくぼみでそろばんの珠のようになり、長めに湯がいて食べると甘くおいしかった。それでも加工するのがいやになると、短冊切りにしてお汁に入れて食べるのである。

団子の食べ残しは七輪であぶって食べると香ばしく、焦げた団子の皮ができてそばの匂いが辺りに漂ってよく作って食べた。最近はそばを打つこともないが、懐かしい味である。

一週間に一回はうどんとそばを打ったから、現代の趣味のようにやりたいとは思わない。そばの良し悪しは一本食べるとわかるくらいの味感覚があったが、現代はつなぎの粉が多く味に騙《だま》されているそばが多いように思う。知人からもらったそばがおいしいときは、皿一杯くらいは出し汁や具をつけずに食べることが好きである。

と言って、そばが大好きではない。そばそのものを味わい、味付けに騙されるのがいやだからだ。最近は年のせいか、そば屋さんで会議があったりするとそばアレルギーになり大変である。熱はなく頭もはっきりしているのに、目眩《めまい》というか吐き気をもよおし、自動車の運転ができないので息子に迎えにきてもらった。医師は一過性のものだと言う。

うどんやそば以外は、朝昼晩とお粥の連続であった。家のお粥はまだ良いほうで、友達の家のお粥は米粒が数えられるような、お粥というよりお汁であった。

母がときどき、

「ひもじい思いをしているから、近所の戦争未亡人で子供がたくさんいてかわいそうだから」

と、食べる物を家族に内緒で相当運んでやっていた。

お粥の中に野菜や米以外の穀類が混じったもので、たまに硬いご飯が出ると混ぜご飯で、さつまいもの角切りや、大根の千切り、とうもろこし、粟《あわ》から稗《ひえ》、キビまでが入っているそれぞれのご飯であった。

戦争中や戦後は、町の子は学校に弁当を持っていかれないので教室以外の溜まり所にいたが、持っていける田舎の子供たちは弁当箱の蓋にひと口分のご飯をのせて、戦地の兵隊さんのためにと最後に食べたものだ。

学校の弁当に粟飯を持っていくと、田舎の子のご飯が白いのに自分の弁当箱は黄色くていやだった。稗は白米に入れて食べると大変甘く、ご飯も白く混じっているのがわからなかった。稗だけのご飯を炊くときは、炊きあがる寸前に櫂のようなしゃもじで混ぜるのが大変である。玄米だけの稗ご飯はぶちぶちといつまでも口の中に稗粒が残っている（家では米と、粟、稗の割合はどのくらいだったのだろうか。母の苦労がわかるように思う）。

私は腹がへっているのに、お膳の前に座るとお粥がいやでいやで、うつむいて泣いていた。いまでも兄姉からこの話を聞かされる。

それからはお粥を見るのもいやでどんなお粥でも絶対食べなかった。妻の好きな混ぜご飯も食べなかった。ましておいしい白ご飯は絶対お茶漬けはしなかった（福井に就職したときの親方が大変厳しかったためでもある）。就職したときに初めて普通のご飯を食べた。やっとこのごろ頭の中の思い出が薄らいだのと、鍋物が多くなり出し汁の残りでおじやを作ると食べられるようになった。妻の作るかやくご飯もどうにか食べられるようになった。

病気による体の都合で食欲がなく受けつけないとき、飲み込むように梅干しでお茶漬けも食べられるようになってきた。六十年の歳月を要した。

お粥ばかり食べていたときは腹いっぱいでなく、茶碗一杯の白いご飯が夢であった。誰だったか忘れたが私に、

「子供時代の思い出は？」

と訊いたとき、

「茶碗一杯の白ご飯」

と答えたように思う。

テレビニュースの中で外国での戦争による被災者の子供がひもじい思いをしているのを見ると、今にも涙が出てきそうでたまらない。

また、最近は事件で子供が被害者になることが多いが、心に残った傷は、ケアをしても頭の中から一生忘れることはないだろうと思う。心の片隅から取り除くことができないものだ。自分の人生が裕福になればなるほど、昔の思い出が消えてくれない。

赤痢

戦争も終わり、相変わらず妹と一緒に寝起きをしていた。もう布団を汚すこともなくなった。戦後の食糧難で、学校から帰ると毎日真名川の河原にある畑仕事を手伝った。河原に行く道中に、道から百メートルほどの田んぼの中に避病院（隔離病棟）があった。感じの良いものではなかった。瓦屋根の平屋建てである。たまに雨戸があいていたりすると、誰かが入っているんだと眺めていたのを思い出す。

日曜日は雨が降ると河原に畑仕事の手伝いに行かなくてよいから子供なりに喜んだものだ。しかし親たちは仕事に行っていた。

このころから、子供として近所の友達と遊ぶことが多くなってきた。遊びの種類はいろいろあった。

パッチン（メンコ）、コマ回し、ビー玉、かくれんぼ、竹馬、瓦あて、後ろ向きで突っつくもの？ ポコペンの変形（このときはまだゲームの名前がなかったと思う）、後ろ向きで十数える現在のダルマさんがころんだ、缶けり、陣取り、チャンバラ、水浴び、まだまだある。

五年生の夏休みに入る前から水浴びをすることが多くなり、町内の川で泳ぐことができた。大変きれいな川で、昼過ぎになるとどこからともなく子供たちが集まり、男はさらしの六尺ふんどし、女はシュミーズのようであった。

妹も、夕方近く唇が紫色になるまで泳いでいた。

あるとき（夏休みに入って間もなく）、一緒に寝ていた妹が、

「うんこがしたい」

と言うので部屋から便所が近いのに暗い中を連れていった。

寝床に入ると、

「またしたい」

と言ったが、後は母に頼んで寝てしまった。朝までに何回ほどいったのかわからないが、母が医者に連れていったら、医者から、

「腹下り」

と言われて帰ってきた。

それから二、三日過ぎたころ、今度は私もウンチがしたくなり、便所にいく前にこらえ

られなくなり、猿股（パンツ）の中に出てしまった。それを見たときは驚いた。それから乳白色の鼻汁というか口から出る痰が、二、三回続いた後、今度は血が混じったウンチになり、五、六回はパンツの中にした。それから今度は私が便所に通うようになり、なにかおかしいのではないかと医者に来てもらった。

大変なことになった。お医者さんの診断違いで、赤痢（赤痢は腸が赤痢菌によって侵され、ただれて血便が続く伝染病である）になっていたのだ。この当時は赤痢やチフスが毎年はやったものだ。

それからが大騒ぎだ。

「これは隔離せんとあかん」

と保健所の係員は来るわ、家の中から外まで消毒はするわ、特に便所は真っ白になるほど消毒をしていった。

二、三日後、避病院に入院することになり、いつも見ているあの避病院に入院するのか、または街中にある亀山のうしろの赤根川にある避病院に入院するのかなと思ったりしていた。用意をしていると保健所から、

「避病院がどちらもいっぱいで入院できない」

と言ってきた。

騒いでいるうちに妹、私に続いて父、母、兄、兄嫁、姉、双子の下姉、と床に伏してしまった。

ちょうどそのとき、川上でも赤痢がはやっていて、夜中に汚物を川に流したと聞いた。病気がひどいときは、一時間に七、八回便所に走った。でもよかったのは、家には便所が二カ所あったので助かった。特別大きい家ではなかったが、昔の武家屋敷を建て直したものと聞いている。その証拠に部屋になぎなた掛けがあった。

唯一赤痢にかからなかったのは、兄の子供（姪）と双子の上の姉で、姪を伯父さん家に預け、食事の用意は双子の上の姉の一人が用意した。でも誰一人食べ物を口にすることが許されなかった。姉は家族の世話をしていたのである。

夏の暑い季節であったので水が飲みたかったが、飲んだら最後、便所に座りっぱなしになる。皆、我慢していた。初めは近所の友達がマンガ本を貸してくれたのに、病気がうつると聞いたのであろう、誰一人来なくなった。近くで遊んでいた子供らもいつのまにか遊び声が聞こえなくなり、家を遠ざけていたのだろう。

午後になると、お医者さんが看護婦さんを二人連れて診察に来る。みんなに注射（ブドウ糖）をして回る。アンプルから注射液を注射器に吸い取ると、アンプルに液が残りそれを湯のみ茶碗に溜めたものを、看護婦さんが妹と私にくれる。口に入るものはこれだけである。大人たちは体力があったけれど、まだ子供であった我々は体力の消耗がひどく、体力が落ちて便所に入るのに二十センチの高さの所が立って入れなくなった。四つんばいになって、這いあがったり這ったりして歩いた。

ある日、お医者さんが、ドイツの大変よい注射液が入ったから、と来られた。液は一本しかなく誰にするかということになり、私が一番悪く弱っているからと、腕に注射をしてくれた。小さなアンプルで黄色い色をした皮下注射で、時間をかけてしなければいけないものをブスッと一気にやってしまった（後で聞いた話）。

そのときは、

「注射痕《あと》が残るから」

と腕の内側にしてくれた。

痛かったのなんのって、手がしばらくしびれていた。腕が膨れて包帯をしてくれた。あくる日の診察のとき、腕を見て、

「痕が残るかもしれん」

と言われた。三日目ぐらいから、注射したところに腕半分ぐらいの大きなあざができた。

そのとき医者が、

「一回赤痢にかかると免疫ができて、もう一生赤痢にはかからない」

と言っていた。

家族全体の病気のほうも良くなってきたが、私の腕は注射の痕がだんだん悪くなるばかりである。かゆみがあり、腕の太さの半分くらいが固く鉄板のようになってきた。

私たちは栄養失調になり、妹は髪の毛が抜けて丸坊主になり、女の子でないような頭になってしまった。

私は丸坊主だったので目立たなかった。飲まず食わずが三、四週間ほど続いた。

その後は、野菜ソップ（キュウリやナスなどの野菜を三、四時間煮込んだもの。いまのスープ）、その汁だけを湯のみ半分くらいが食事である。最初のときはそれでも腸がしぶりトイレに走る回数も多くなる。毎日少しずつ飲む量を増やし、糊のようなお粥と固形物を少しずつ食べて体力を回復していくのを待つだけである。

八月二十一日の二学期の始業式（この時代は春と秋の二回、子供たちが農繁期の手伝いをするので五日ずつぐらい休日があり、夏休みを早めに切り上げた）では学校に行けず、九月の十日ごろから行ったように思う。それまで体力や歩行訓練のために母に連れられて七間朝市（今でも朝市がたつ）に出かけた。普通なら七、八分で行ける距離五、六百メートルほどを、往復二時間はかかった。

近所の友達と楽しく遊べるようになったのは、九月の終わりごろであった。

初恋もどき

当時は交通の便が悪く、ほとんどの学校が本校と分教場に分かれていた。山の麓の子供たちは分教場に通い、我々は本校に通っていたが、本校から遠いところの子供たちは小学三年生まで分教場に通った。私の入った下庄小学校では、分教場が二つ（中保分校と庄林分校）あり、遅くまでこの制度が残っていたように思う。

四年生から分教場の子供たちと一緒に勉強を始めたが、最初のクラス替えだったかどうか忘れたが、そのときは各クラスが五十人ずつぐらいだったように思う。

一年生のときからずっと一緒だった子と同じクラスになると、

「また一緒やな」

と喜び合ったものだ。

まず「い組」の教室は男性ばかりが一クラスである。

「ろ組」は男女一緒のクラス、そして「は組」は女子ばかりのクラスであった。私は「ろ組」の男女一緒のクラスであった。一年生から男女共学だったからなんの抵抗もなかったが、なぜか男子だけ、女子だけのクラスには抵抗感があった。

戦中ではなく戦後であったと思うので、どういう制度であったのかはわからない。高校なども男子高校、女子高校と分かれていた時代だから。

この期間は三月ほどだったのか半年だったのか覚えていないが、どのクラスもすぐに男女共学になったように思う。

彼女（旧姓盛岡さん）は三年生までは庄林分教場に通っていた。何回かの座席替えがあり彼女と机を並べたのは五年生になってから。彼女はかわいいというよりしぐさが面白く楽しい女性である。話好きで私をからかうことも多かった。頭の回転がすばやく国語の時間でも本を立てて他のことをしている。ノートの隅に人形を描いたりして勉強に励んでいない。本読みをあてられると困るので、ときどき私の本を覗き込んで、

「今、どこ読んでいるか知っているか」

と訊く。私は正直に、

「ここ」

と本のページや行を教える。またしばらくすると同じことを訊く。

初めは彼女の意図がわからなかったから、何回となく教えた。それから後でも、先生に

怒られるとかわいそうだからいろいろ教えた。

彼女もまた消しゴムを貸してくれたり押し花をくれたり、お互いにエンピツや小刀などを黙って使っても許し合うことができた仲であった。

私には心の中に男女としての意識はなかったが、彼女のほうはどうだかわからない。全然眼中にもなかったに違いない。このときの思い出が強烈だったせいか、中学校は三年間別のクラスだったが、他の女性より関心があった。小学生のときのように話し合うことはなかったが、なぜか気になったものだ。卒業以来、顔を合わせることはなかった。しかし、彼女と中学卒業以来三十年目の同窓会で再会した。

私は各クラスの代表として同窓会の発起人をやっていたので、彼女と長く話すことはできなかったが、久しぶりに会う彼女は落ち着いた感があり、どこも変わることなく小学生時代のようにニコニコとして顔を合わせた。

「おい、どうや元気か。久しいの」

「あなたも若く見えるわね」

「今どこにいる」

「神奈川県のほうに」

同級生の女子をおい呼ばわりするのは、気の置けない彼女だけであった。

彼女は小学生のとき私をどのように思っていたのかわからないが、女を意識したために一番印象深く、今でも心に残っている。

初恋でもないし、好きとか嫌いとかはなかったから、初恋もどき。

このときの同窓会で、最後に「星影のワルツ」をみんなで肩を組み合って踊りながら別れた小中学時代が一番懐かしい。

横浜のほうに従兄弟がいるので行ったことはあるが、なんの関係もない私が訪ねるわけにはいかない。元気でいるのか達者なのか、彼女を訪ねることはなかった。

中学校は初めの一、二年間は小学年と同じ校舎だったが、後には農林高等学校跡に移動した。学校だけが大きな田園地帯の中に建っており、通学するには回り道をするか、近道をするかであった。放課後のあとに帰るときは、あたりが薄暗くなり遠回りをして帰った。近道には田んぼの中にポツンと林があり、そこがさんまい（葬祭場）で、雨の降るときは特に遠回りをして帰った。

また、大きな思い出もある。中学三年の卒業記念にと、グラウンドの端に桜の苗木を植えた。大きなグラウンドにL字型に植えた。グラウンドはそのときは校舎の道を挟んで前であったが、校舎を建て替えたためグラウンドが校舎の後ろになり、時たま眺めに行くが年輪の割には大木になっていない。生徒たちが踏みつけるから、木の根が張ることができないのであろうと思う。春の桜の季節になると花見に出かけ、同窓生たちの思い出がよみがえってくるが、一人では様にならない。でも毎年花が咲くのだ。

今年移植してから七十年ぶりに桜を眺めに訪れた校庭では、野球部の生徒たちが練習をしていた。練習が終わるのを待って、校庭には進入禁止の柵が張ってあったのを、練習を見守っていた先生に許可をもらって、グラウンドの中に入って写真を写すことができた。幹が幾重にも重なった桜やこぶだらけの大木を眺めていると、自分の人生模様を語っているように思う。

遊びの規則

十月に入って体もすっかり良くなり、皆と遊ぶときが多くなってきた。

この時代は、前にも述べたようにいろいろな遊びをした。遊ぶことに半端ではなかった。幼稚園児から中学生まで、皆が一丸となって遊んだ。男も女も一種のゲームをするのにありきたりではなくいろいろルールを考えた。

例えば、コマ回しなどは回っている時間を競うものとか、手のひらから手のひらにコマを移動させて技を競ったり、コマを手のひらにのせて鬼ごっこをしたりする。鬼もコマを回しながら追いかける、コマが止まっているときは走れないから回っている子につかまって逃げる。小学校低学年の子は手のひらにのせられないからコマをブリキのちりとりにのせて走る。これがよく回転するのだ。大きな子でも小さな子につかまって逃げ回った。こんなところに助け合う精神が生まれてくる。仲間意識が大きくなる。

現在の子供たちは同学年のみの横の付き合いで、縦社会がなく、小さな子供をかばったり、大きな子にかばってもらったりすることがなく、またゲーム機による個人ゲームが多く、相手はテレビである。遊びの中の勝ち負けなど身をもって経験することが少なく、世の中の危険物を遠ざけられて、体が完全に防護されているから、刃物による怪我をすることも少なく出血の怖さがわからない。そんな環境の中では、痛さや忍耐力が欠如して我慢ができなくなり、自分さえよければ、自分の欲望を満たすために善悪を見極めることができなくなってしまうのである。

どこの家庭の子供でも、ほしいものは簡単に即手に入り苦労をすることがない。だから物質的にも恵まれて、遊びの野球で遊んでいても、遠いところに飛んだボールを誰も拾いにいかない。面倒だからだろう。学校での落とし物でも誰も取りにこないという。

親も親の欲望を満たすために、自分の子供を小さいころから塾通いとか家庭教師をつけて一生懸命である。国民全体が一億総中流家庭になっている、と思っている人ほど人情や人間性が欠如してくる。

当時は、貧乏人の子だくさんではないが、親は贅沢や豊かさを身につけることはなかった。現在は生活水準が上がっているから一概に言えないが、昔は大人も子供も生活に対して不平不満を言うものはいなかった。それが当たり前の生活であった。現在は共働きや女性の就業進出が多く子供を産む夫婦も少ない。当時は大人社会であり、現代のように子供中心の生活ではなかった。

「とんとん　とんからりと隣組、回してちょうだい回覧板」

というような人情が薄らいだせいではなかろうか。大人から子供まで地域住民のつながりを復活したら、子供たちの起こすいじめや凶悪事件が少なくなるのではなかろうか。

遊びの中でも、一つの過程を通過しなければゲームの親になったり、味方を助けたりすることができない遊びが数多くあった。ビー玉、石けり、コマ回し、瓦あて、陣取りゲーム、のび（ごむひも）飛びなど、また、小さな子供やできない子供にはその場でハンディを与えたり、代わってやったりするのである。

ただ規則を複雑にするのではなく、いかにしたら楽しく面白くなるかを考えることが、子供時代の動かすことのできないルールである。どんな強い子供でも、また弱い子供でも輪の中にいる限り、我慢やそのしきたりに従うことで遊びが保たれるのである。

また、雨が降って街道で遊ぶことができないと、どこかの家に集まって勉強をすることもあったが、真剣に勉強をするのは三十分ほどである。薄暗い家の中にいるより玄関先や軒先でじゃんけんによるゲームをする。雨が降ったときは、家から遊びに出るのにビー玉やパッチン（メンコ）をいつもより多めにポケットに用意して持って出る。

ビー玉やパッチンは、一人が二賃（二個）だとか三賃（三枚）だとか出し合って、現在のばくちならぬジャンケンで勝ったものが全部もらうのである。子供が五、六人ぐらいのときはいいけれども、十人ぐらいになるとジャンケンの方法が変わってくる。三、四人になるまでグー・パー・チョキの一番出した数の多い者が残っていくジャンケンの方法で、掛け声も現在の、

「最初は、グー」

ではなく、地方の訛りというか、普通のジャンケンでは、

「ジャンケンもってシー」

と言って始まる。人数が多いときは、

「多いもん勝ち、ジャンケンもってシー」

と言って始まる。または、

「グーなーし」

と言ってジャンケンをする。グーなしジャンケンだから当然勝つのはチョキだけど、何回か繰り返すうちにわからなくなり負けるときもある（パーを出すときもあればチョキを出すときもあるから）。

いまでも我々のようなシニアの会などで全員でジャンケンをするときは、この方法が一番である。

遊びでは、たまに勝ったりするとポケットいっぱいのビー玉やパッチン（メンコ）になる。楽しいときと空っぽになって情けないときなどをいろいろと味わう。低学年であろうと高学年であろうと、勝負は勝負であり子供なりのルールである。

グー・パー・チョキもところによってはグー・チョキ・パーと言うところもあるが、我々の言っていたのは順めぐりが勝ちになる。反対だと負け負けになるので前者のほうが好きだ。

また、この時代には、誰が鬼になるのかを決めるのにジャンケンをしたが、足でするジャンケンもあった（グーは両足をそろえる、パーは足を左右に広げる、チョキは片方の足どちらかを前に出す）。または履いている下駄や草履の片方を皆で並べて左右に手を動かして歌を歌いながら決める方法もあった。年上やすばしこい子供が数えるのである（下駄隠しチュウレンポウ、橋の下のねずみが、草履をくわえてえてチュッチュックチュ、チュッチュク饅頭は誰が食った、誰も食わずにわしが食った）。自分の下駄や草履に当たらないようにしようと思うと、意識するせいか自分の下駄の上で手が止まるのである。鬼になるのだ。誰が数えても下駄とか草履とかの特徴によって、そこで止まるように歌を歌いながら意識するのである。誰が鬼になっても誰も小言を言わなかった。

この時代は、考えたルールが面白いとそれが正式なルールとして定着する。

例えば、数を数えるルールのかくれんぼとか鬼ごっこ。「ポコペンポコペン突っついた、ポコペンポコペン誰が突っついた」などと面白くやったものだ。鬼になった子供の背中を五、六人が突っついて、誰が突っついたかを当てる遊びである。「ダルマさんがころんだ」は、これらの変形である。

かくれんぼなどは一から三十まで数え、または五十まで、そして百まで数える。低学年の子やこの当時、朝鮮人の子供の友達も数多くいた。特にパンゴという友達は、日本語は話すのに数え方が上手ではなかった。

彼は子供のころの友達としては忘れられない外国人である。朝鮮人だから自家製の朝鮮飴や朝鮮餅をよくくれた。私はやるものがないからパッチン（メンコ）やビー玉をあげた。パンゴは勝負事には弱いので、私のところへよく来てはせがんだ。どのくらいたったころか、北朝鮮に帰ると言う。食べるものはあるし花が咲いてきれいなところだと喜んでいた。私が学校に行っている間に消えるように近所から消えた。子供のころの友としては会いたい一人である。しかし、いまだ交流が閉鎖された国だから会うこともできない。

そんなこんなでいろいろ考えた。

「ひとーつ、ふたーつ、みーっつ」

と数えているから、かくれんぼで隠れた子供は出てきてしまう。

「いーち、にーい、みーっつ、よーっつ」

と数えているから、体にタッチされて鬼の連続である。鬼になった子供は目を両手でかくすから、だんだん面白くなくなる。

十月初めの雨の降るある日、家の玄関の軒下（タタミ二畳ほど）で友達（Sちゃん、Tちゃん、Gちゃん、Yさん）と一緒にいろいろなことを話し合っているときに考えた。

「小さい子は数を上手に数えられないから、このごろ面白くないんだ」

「かくれんぼでも、後ろ向きでもうまく数えることができないから面白くない」

なにか考えよう。

「十数えることを十文字で言葉にしたらどうだろう」

と私はみんなに言った。

「それは良いわ」

それからみんなでいろいろな言葉を考えた。指を折りながら言葉を出して数えた。

言葉によっては大笑いをしたり、助平《すけべい》なことを言ったり、好きな女の子の名前をもじったり、他愛ない言葉を指で折ってみる。

「たぬきのはらづつみ」

一字足りない。

「あかん」

「でんしんばしらがたかい」

これだと一字多い。みんな真剣に考える。

「だれだれはラージぽんぽん」

今度は二文字多い。これは子供の間ではやった言葉。ラージとは、当時の輸入された自転車メーカーの名前だったと思う。ぽんぽんとは、おなかの大きい身持ちの女性のことを言った言葉だ。

「どこどこの誰はラージぽんぽんや」

と言うように、近所の方や家族間でも通じる言葉であった。

また、子供同士ではやった言葉に、

「アットウ　ヒヨッ」

というのもあった。英語でなにを意味するのかわからないが、友達と喧嘩したときに、逃げ言葉によく使った。余談が多いが、なかなか良い言葉が出てこない。

「かめやまさくらさいた」

「ちょうど良いな」

でもしっくりなじんでこない。

街中にカメの形をした小山があり，大野城がそびえている（最近は天空の城で有名になりつつある）。

春は桜で大変美しく、山頂のお城を眺めることができる（当時はお城がなく桜だけだったが、現在は個人の篤志家による寄贈によって立派な天守閣がそびえている）。

ダルマさんがころんだ誕生

私は誰かが、

「電信柱が高い」

と言ったときから思い出していた。小学二年生の終わりごろ、電信柱の横に作った雪ダルマを。春の太陽の暖かさで雪が解けて、雪ダルマは頭が傾いて、崩れるというより転んでいるように見えた。

このときは、実際にダルマとはどんなものか知らなかった。ただ頭が丸いということは兄に聞いたように思う。目や鼻口耳もつけた雪ダルマの胴体は、女の子のようにスカートを広げたものであった。

子供用バンバ（雪かき具）が刺してあったのが、手を伸ばして転んでいるように見えた。

このころ私は、姉たちと一緒によくはしりんこ（競走）をした。大きい姉たちは、走るのが速く、私は負けんとこうと思って、勢いをつけると転んでしまい、膝小僧をすりむいてしまう。

ダルマの様子や自分がよく転ぶので、心の中で思っていることを、指を折って数えてみた。

ゆきダルマもころぶ。一字足らん。

ダルマがころんだ。二字足らん。

ころんだぞダルマが。一字足らん。

ダルマさんダルマさん、にらめっこ、しましょう、を思い出した。

ころんだゆきダルマさん。一字多い。

ころんだダルマさん。


ダルマさんがころんだ。

これでちょうど十の数になる。指を折り心の中でつぶやく。

ダ　ル　マ　さ　ん　が　こ　ろ　ん　だ。

言葉を口に出して、指を折って友達に、

「ダルマさんがころんだ、これどうや」

みんな指を折って、てんでに言葉を口に出し数えている。

「ダルマさんがころんだ」

「これええわ」

今でいう「ゴロ合わせ」が大変良い。

あくる日から、早速かくれんぼや後ろ向き遊びに使った。

かくれんぼは、一から百まで数える代わりに「ダルマさんがころんだ」を十回言って数える（数を数えられない子供は一回言うたびに指を一回折る）。

かくれんぼでは初めはみんなゆっくり数えていたが、なれてくると一気に数えるので、今度は隠れる場所を探す暇がない。速い子供は「ダルマさんがころんだ」を言う回数を、二十回とか三十回に引き上げた。

後ろ向き遊びは、低学年でもすぐできるのでみんな面白がった。この時代は道路が砂利道なので水で線を引き、七、八メートルぐらいのところに親の鬼が後ろ向きに立つ。親が前を向いている間に少しずつ近づく。親が振り向いたとたんに静止しなければならない。少しでも動くと名指しされて親の交代である。面白いことに道路で遊んでいるので、たまに歩く大人に出くわす。その大人についていき親にタッチする。ずるいやり方である。

小さな子でも大きな子でも言葉の駆け引きで、例えば、「ダ・ル・マ・さん・がころんだ」と初めはゆっくりで後は一気に口に出し、まだ数えていると思って動くと当てられてしまうのだ。この頃は幼児から中学生まで一緒に遊んだ時代で、現在は故人になったが、親方タイプで一緒に酒を飲んだこともある幼児だった彼がいなかったら、ダルマさんがころんだは生まれなかったであろうと思う。

本来は、低学年の数を数えるのが難しい子のために考えた数え言葉だが「ダルマさんがころんだ」ゲームとして町内で定着していった。

この「ダルマさんがころんだ」の言葉は私が考え、遊び方も考えたのである。昭和二十二年十月のことだ。

「ポコペンポコペン突っついた」は、鬼になると誰が突っついたかわからないので、最後にはやめてしまう。だから、「ダルマさんがころんだ」は離れたところでもわかると思ったが、なかなかむつかしい。鬼の気持ちしだいでどうにでもなる。

一人ひとりの動きが面白く鬼にたどりつくのが大変で、誰かが動くので鬼が代わるし、遊びとしては最高に面白い遊びである。

このゲームが定着して、後に日本中に広がるとは思わなかった。

中学校を卒業して福井市に丁稚《でっち》小僧として就職したときにわかった。

近所の小さな子供たちがこの遊びを楽しんでいた。

なんでこんなところでやっているのだろう。

「これは僕が作った遊びだよ」

と言いたかったが、引っ込み思案の私は言えないでいると、子供の母親（一軒隣の自動車整備工場の奥さん）がそばに来て、

「大野へ行ったときに覚えてきたのよ」

と言った。私は大野のどこで覚えてきたんだろうといろいろ考えた。

それがわかったのは、お盆に実家に帰省したときだ。

「ダルマさんがころんだ」遊びは町中に広がっていたが、町内に住んでいた年下の友達や何軒かの家族がいなくなっていた。

戦争のために大阪や東京、名古屋と至るところから疎開していた家族が、都会に帰って行ったのだ。

子供もたくさんいたから、都会に帰ってから友達と遊んだのであろう。だから日本中に広まったのだと思っている。

また、ある番組で子供たちが廊下を走ったりするので、その瞬間に、

「ダルマさんがころんだ」

と声をかけたりすると、子供たちがぴたっと止まるのである。公園で何気なく走っている子供に声をかけると、やはり止まり、それから辺りを見渡してゆっくり歩いて去るのである。心理的な要素はわからないが、「ダルマさんがころんだ」を聞くと、反射的に止まることに体が慣らされているのではなかろうか。

ＮＨＫの朝の幼児番組のぬいぐるみ人形劇でもこの「ダルマさんがころんだ」遊びをやっており、早口で言えない子供の様子や遊びを教えているのを見た。

いつのころからかテレビでも韓国映画が盛んになり、子供の出てくる映画の中で同じような場面を二、三回ほど見ている。韓国でもこの遊びが盛んに違いない。

今度は世界にいる子供たち、テレビなどで子供の浮浪者のニュースが多くあった時なので、特に貧困生活を強いられている子供たちにわずかでも学用品などを送り、「ダルマさんがころんだ」を楽しんでほしいと思うが、私はもうその力がない年齢になっているのが残念である。いろいろな遊び（プレー）の中に、大人になってからの生活の規則や要素が含まれているように思う。

今、私はペタンクという一つのスポーツに夢中になっている。年配の方には過激でないために適当な運動になり、運動疲れが体に残らない。

ペタンクの起源は、南フランスである。『ペタンク』の語源は南フランスの『ピエ・タンケ（両足をそろえて）』が訛ったもので、一九〇〇年代のラ・シオタという港町で誕生している。

ということは、現在までに百年余りの歴史がある。日本では昭和四十五年ごろに入ってきたという。私の考えた「ダルマさんがころんだ」も、日本では約七十有余年の歳月が経っている。百年後を見届けることはできないが、世界のどこかの国で「ダルマさんがころんだ」で子供たちが遊んでいるかもしれない。ぜひそうなってほしい。韓国映画のドラマの中に「ダルマさんがころんだ」が出てくるように。

世界の国々の勉強や教育を受けられない子供たちでも、一から十までの数を数える遊びとして、三歳ぐらいの幼児から小学校高学年の子供たちに単純明快に遊んでもらうことを夢見ている老人である。

焼き畑と方言

家族全員が大病にかかり、お金もなにもかもすっからかんになり、町に引っ越す前に住んでいた故郷（上打波小池）鳩ケ湯の先にある小池集落の奥平（回り込むと白山系の三の峰が目の前に見える）の屋敷跡に出作《でづく》り小屋を建てて穀類を作った。食事用の飲料水は二件あるうちの横の大きな岩穴から流れる湧き水である。冷たさを言えば、夏でも蒸発霧が立ち上り、一分と手を水につけることはできないくらいである（奥美濃地震が起こってからこの水が出なくなったと兄が言っていた）。

山は狭い谷間なので日の暮れるのが早く、夕方四時を過ぎると小屋に入る電気はないから囲炉裏の明かりと、時にはカンテラをともす。朝早く四十分ほど離れたオウレン畑に行くときは、曲げわっぱ弁当箱の蓋のほうにまでもご飯を詰めて、十時ごろになると食事をとる。小昼である。親父が、

「山仕事や遠出をするときは、なんでもいいから余分に食べるものをもっていかなあか

ん」

と言って聞かせた。

そして、畑仕事を手伝うのが当たり前であった。粟、稗、キビなどを傾斜の畑で作った。学校を休んで一週間から十日ほど山小屋に寝泊まりした。そのときは学校に行くよりこういう家庭の仕事のほうが我が家では大事であった。

何月ごろだったか忘れてしまったが、山家の人たちが養蚕を営んでいるときであった。善五郎橋からつづら折りの道の端に桑畑があり、桑の枝を折って束ねている大人から子供までが手伝いをしている。荷物ができるとつづら折りを担いで登っていく。合掌造りの二階、三階には幾重にもなった蚕をむしろいっぱいに飼っている。

静かな山郷は人の話し声以外は聞こえる音がなく、蚕の桑を食《は》む音色が聞こえてくる。蚕は大、中、小と順に飼っているようであった。

親父と出作り小屋に入り、善五郎橋からつづら折りの途中（桑畑の収穫場）に傾斜になった藪原の草や木立を鉈《なた》で倒して、一週間ほどするとすっかり枯れて、藪原に直径二メートルほどの中に枯れ草を集め、下のほうから火を放ち、火の勢いが大きくなるとスコップや鍬で砂をかけ、燃え尽きるのを見定めて小屋に帰る。あくる日はそばの種を焼き畑にまいて、下から山肌を撫でるように鍬で耕していく。大きな山肌に火を放つので心配なこともあったが、燃えている間はつきっきりでいたので大丈夫である。

次に母親と山郷に入ったときには、青々としたそばが畑いっぱいに青い芽を出している。私が焼き畑を経験した最初で最後である。

山小屋の近くには二軒の民家があり、蚕を飼っている家では私とは一つ年下のK君と四歳ほど年下のI君の子供がいた。二人は人なつっこく、仲良くなって暇なときは遊んだりもした。家では朝晩寝床は上げ下げしたが、この家は万年床で一緒に寝床でも遊んだ。夕方、小屋に帰るからと言うと、

「アーシタノー」

すかさずもう一人も、

「アーシタノー」

と言いながら手を振るので、私はなんだかわからなかったが手を振り返した。

小屋で寝かけたら体が痒《かゆ》くて寝られない。小さなカンテラを照らして服を脱ぐと、蚤《のみ》が何匹もいた。しばらく風呂に入らないから蚤がわいたのだ。

このときの蚤は町にいる蚤よりも大きいように見えた（蚤や虱《しらみ》はどこの家庭にもいたが、風呂に入る回数や洗濯の回数が少ないためにわいてくる。寝る前にＤＤＴの粉末をまくのだがきりがない。それでもダメなときは大きな鍋にお湯を沸かして衣類を煮沸するのであ

る。何回となく繰り返している間にいなくなる)。

山での仕事が一段落したので町に帰ることになり、収穫した穀類を田蓑《たみの》(い草? で編んだ大きな袋。背中に担ぐ)に入れて朝、小屋を出ると二人の子供が送ってくれる。つづら折りの下りの坂道(現在は立派な林道になっている)をいつまでもついてくるので、母が、

「もうこのへんでいいから、ここで別れよう」

と言っても二人の子供はついてくる。

善五郎橋が見えるところで二人の子供は立ち止まり、手を振って、

「ノーチンノー」

と叫んでいる。どちらも見えなくなるまで、

「ノーチンノー、ノーチンノー」

と叫んでいた。私は相変わらず訳がわからず、

「さいならー、さいならー」

と手を振り挨拶をして別れた。

山道を歩きながら母に尋ねると、

「アーシタノーは明日また会おうという意味である」

と聞き、ノーチンノーは、

「次に会えるときまで名残おしんで元気でまた会おう」

という意味であった。

この時代の焼き畑も珍しいが「アーシタノーノーチンノー」はK君が二十歳過ぎに交通事故でなくなったので、それから使うことはない。だが、英語のシーユーアゲインと似ていると思う。また、映画「シェーン」の最後の場面と似ているので、心に残る印象深い方言の挨拶言葉である。

父親と山に入るときは道に迷うことはなかったが、母親と山に入ると、晴天のときはいいのだが曇り空のときは方向が全然わからなくなり道に迷ってしまうことが多々あった。山菜採りをしていたりオウレンを栽培したりしていたから、一回や二回の道順はわからなくなり迷ってしまう。山菜採りは下ばかりむいて山菜を探し、オウレン畑は雑草がなく山一面が広い範囲だから方角がわからなくなる。そんなときは、道に迷ったときのために木の枝を折り、木刀ではないが道の端の草や木をたたくのである。すると腰折れになった草木が帰る方向に折れるので、道順がわかるのである。山道は雨や曇りのときは本当に迷ったら帰れなくなる。この方法は何回山に入っても使った手である。また、獣に襲われたりするから、訳のわからぬ歌を歌ったり大声を出したりして山道を歩いた。

父親と山に入るときは、一服するでもないのにキセルを出して火打ち石でたばこを吸っている。父親が、

「たばこの匂いは一キロ四方まで広がり、獣たちが寄りつかない」

と言っていた
あるとき、母と山小屋から一日中歩いて街に帰ったことがある。朝まだ暗いうちに（五時ごろ）小屋を出発する。一時間半ほどで鳩ケ湯（鉱泉）があり、そこまで行くと、昨夜のうちかもしくは朝早くトラックが来るのである。原木を積んでいたり、在家の人たちが炭焼き小屋で焼いた炭などを運んでいたりする。待たされるのを覚悟で早めに行くのである。原木はワイヤーで荷造りをするが、炭のときは四角い炭俵を六段から七段に積み上げるので、人が乗るのは大変である。若い運転手はどんどん高く積み上げるのだが、その点、年配の運転手は乗る人を考えて低めの席をつくってくれる。運転手によっては運賃を取ったり取らなかったりで、無理やりたばこ代ですませたときもあった。

時によってはトラックが上がってこない。一時間ほど待って車が来ないと五、六人の待ち人たちがてくてくと歩きかけるので、母と一緒についていく。母の背中には十五キロ、自分の背中にも十四、五キロほど収穫した穀類を背負っているので、皆についていけない。次の在所、さらに次の在所まで行っても、運の悪いときは車が来ない。上打波、下打波と

歩くのみである。勝原まで来るとちょうど昼どきであり、現在はなくなったが当時は佐渡茶屋があり穴馬街道、打波街道の交差点である。茶屋なのでお茶をもらい、残り物を詰めてきた弁当を食べる。それから荷物を担いで、また歩くのである。穴馬街道から来るトラックは歩く人を乗せてくれないから、初めは元気よく歩けるのだが、三十分に一回休んでいたのが、だんだん休む回数が多くなり、そのうち休んでいる時間のほうが長くなり、休んでいるともう歩けなくなり、それでも立って歩きかけると荷物が重く、手足を引きずるように歩いて真名川の河原まで来た。ばんげ（夜）になり、まだ誰かいるかもと小屋についたとき、隣畑の方がいてリヤカーに荷物を積んでくれて助かった。実家についたのは夜の八時半ごろであった。あくる日は学校の遠足で、疲れもなく元気に出かけることができた。

三八豪雪

北陸地方に雪はつきものである。

特に福井県でも大野盆地の雪は湿度も高く重い雪である。

雪空はなんというか、夜空が赤く見えるときがある。日中でも大きな雪が降り注ぐとき、空をあおいで眺めていると、どういう現象なのかそのように見える。

小学校四年生のときに、降り注ぐ雪を薄く赤く描いて、組のみんなに笑われた覚えがある。親父は、

「そういう時は四、五日雪が降り続き、屋根雪を下ろすほど積もる」

と言っていた。今は外灯やネオンで夜空を眺めることができないが、雪の続く夜はやはりそのように見える。雪が降り続くときは、いまでもこの現象による空かどうかを見上げ、妻に、

「しばらく雪が降り続く」

と言う。

妻と結婚して一年目の冬が、三八《さんぱち》豪雪である（昭和三十八年一月）。屋根雪をかいてもかいてもきりがない。雪は黙って降り続く。屋根雪をかく人も、誰に文句を言うでもなしに黙って屋根に上がっている。雪国の人間として覚悟をしているから、屋根雪をかき終わるころには屋根雪をかくのではなく雪の山にほうり上げるのである。庭や道路には雪が堆《うずたか》く積み上げられ、街中の商店街では二階を入り口にして出入りした家もあった。道を歩く人は屋根の上を歩くようなものである。

普通の玄関からは前が雪の壁で、向かい側はもちろん、道を歩く人さえ見えない。街道に出ようなら、雪をらせん階段のような形に固めて作り、それを上り下りして店や家の中に出入りしたものだ。

この豪雪のときの二月に、市議会議員の選挙があった。この時代は選挙の掲示板もなく、どこにでも選挙の宣伝ビラ（ポスター）を貼ることができた。また、この当時の電柱は木の丸太であり、高さはどのくらいあったのかわからないが、今のコンクリートの電柱と変わらない高さがあったと思う。電柱という電柱は、貼るすきまがないほど選挙ポスターが貼ってあった。

当時としては除雪重機も少なく除雪もはかどらず、みんなが、

「この雪は夏まであるぞ」

と言ったものだ。

キャタピラーのブルドーザーが除雪に来たが、下屋より高いところを押していくので、押すというより地ならしするのが精一杯である。六間通りの幅広い道路に山ほど積まれた雪は、

「夏まであるやろ」

と皆が騒いで言っていたのに、春の終わりにはなくなった。しかし、電柱に貼った選挙ポスターは一メートルも高く、電柱の変圧器に届くほどの見上げる場所に残っている。大きな雪の被害は相当あったと思うが、残った雪はきれいに消え去ったのである。

二十年目の子宝

昭和五十五年正月三日目の朝、玄関先に子供の喜ぶ小さなかわいいサルのつかまり人形が落ちていた。私が拾い上げるのを見てラーメン屋の兄ちゃんが、

「正月早々縁起がいい」

と言ってくれた。

私は子供か誰かが落としたものだろうと、しばらく玄関先にぶら下げておいた。しかし落とし主は現れない。そこで、家の中に入れてなにか良いことがあるのかなと思いつつ平凡な生活をしていた。

五月五日の町内の祭りが終わってからのある日、妻が体の具合が悪いと訴えた。元気がない。妻はひょっとしたらと思っていたらしいが、私にはなにも言わなかった。

それから十日ぐらいたったときに、

「もしかしたら、子供ができたかもしれん」

と妻が言う。私は、

「本当にできたんか」

と訊き、

「医者に見てもらったら」

と、早速近くの産婦人科に行った。

内診ではまだわからないからと、看護婦さんが尿検査をしてくれた。

「妊娠の反応があります」

と言われ、喜ぶよりも体が急に震えてきた。

その夜は一睡もできないほど眠れなかった。今までの妻との生活を思い出していた。

結婚して四、五年は誰もなにも言わなかった。だが妻の母から、

「そろそろ子供を」

と言われるようになった。私たちは別段調整していたわけではないが、できなかった。

兄姉からも、

「早めのほうが楽よ」

と言われたが、なかなか子供に恵まれなかった。

私の母は私たちが結婚して一年目に亡くなり、父もその二年後に亡くなったので、私の

両親からは子供の話をすることがなかった。

それが、待望の赤ちゃんができたのだ。

朝方近くになってうとうとし、目が覚めると体の力が抜けたようになり宙の中を歩いている感じであった。

妻は、子供がいなかったから近くの機織工場に勤めていたが、辞めることはしなかった。その当時の機屋は二交替制の出来高賃金で、妻は手のよい織布工であったので、その当時としては市役所の課長級の給料をもらっていた。

それからはまだ仕事を続け、家庭では料理を作る以外、重いものを持つことや後片づけなどは一切させなかった。

八月に産婦人科に行ったとき、院長が入院中で交代の医師が金沢大学から、これも交替で来ていた。

「高齢出産になるから帝王切開になる」

と言われ、

「僕がやります」

と若い医師が言ったが、心配であった。次の受診のときは年配の先生だったので、相談した。

「帝王切開は大丈夫でしょうか」

と二人で訳を話すと、先生はためらうことなく、

「福井県立病院を紹介しましょう」

とこちらの気持ちをくんでくれた。それからは毎月県立病院に通った。

十二月のクリスマスごろから雪が降り出した。家から仕事場まで二百メートルの距離であったが、妻に転ばれると流産の恐れがあるので、雪の日は送り迎えをした。二十八日から正月休暇に入るので、それからは大事をとって仕事を辞め養生した。

雪は相変わらず降り続いた。師走の二十九日になってから近所では屋根雪を下ろし始めた。一メートルはあったろうか、私は明日雪を下ろして正月を楽に過ごそうと考えた。ところが、夜、寝床に入って深夜になってから雪が深々と特にひどく降り、二階で寝ていた私たちの家がみしみしと泣き出した。

「これはいかん」

古い家だからつぶれるかもしれないと、一階に下りて妻を店の部屋に寝かせた。店には自転車が陳列してあり、奥の部屋にはタンスや夜具タンスがあるので、つぶれた場合空間ができると考えた。

家主のおばあちゃんが、

「離れで寝たほうがいいのではないか」

と言ってくれたが、離れには行かずにいた。

私は、夜中だったが屋根に上がり雪かきを始めた。雪は私の背丈ほどある。屋根の広さは、本屋だけで間口が五間、奥行きは七間あり、前の片側を下ろすのにいつもだと二時間ぐらいですむものが六時間かかった。今はスノッパーを使うから雪を下ろすのも早いが、当時はコースキとスコップだけである。雪は降り続き、後ろ側の屋根に回ったのはそれから後で、そのときの降雪量を、小柄な私がスコップを握り、まっすぐ頭上に伸ばし雪の高さをはかると、吹き溜まりのためスコップ一杯分の高さまであった。

でも雪がふわふわで軽かったので助かった。後で実測してみたら、二メートル三十センチあったので驚いた。

三八豪雪ほどではなかったが、雪は一時に降るので大変怖い。それから屋根雪を何回下ろしただろうか。古い家なので積もるとすぐに下ろした。

二月二十三日の早朝、妻の体が冷えたのか予定日前に破水して、病院に電話をして県立病院に走った。

しかし、産気づいてこない。

医師や看護婦があれこれ尽くしてくれたが、陣痛が起きてこない、生まれない。それから医療的なことをいろいろ試みたらしいが、妻はけろっとしている。

本人よりこちらが気が気でなく、自分が青ざめているのがわかった。

なんとかお腹を切らないで生まれればと、医師も一生懸命である。三日目の夜七時ごろ、担当医から直接電話をいただいて、

「これから帝王切開をしますから。吹雪がひどいので、来られるときは雪道に注意して来てください」

自分では気が動転して車を運転できないので、義弟に頼んで運転してもらい福井まで走った。

朝から雪がひどかったが、道はでこぼこで、わずか三十キロほどの道のりが三時間ほどかかった。雪道は白いほど走れない。怖いものだ。小山から吹き降ろす吹雪が道をふさぎ、道路や田んぼの境が真っ白くなってわからなくなる。前を走っている大型トラックが、道がわからないのか蛇行運転をしている。

病院に着いたときは十一時を過ぎていた。

待望の赤ちゃん誕生

看護婦さんに案内され、妻は個室に引っ越していた。

妻に慰めの言葉をかけようと思っていたが、それより先に、

「痛くなかったか」

と聞くと、

「全然痛くなかった」

と答え、看護婦さんに、

「お父さん、男のお子さんですよ。時間外ですが赤ちゃんを見ますか」

と言われ、ベビー室の廊下に案内された。

初対面である。肌着一枚で元気に動いている。看護婦さんが、顔が見えるようにベッドを動かしてくれた。体のどこもなんともないようだ。

「お父さんだよ」

と窓越しにつぶやく。そして、人間って欲深なものである。今までは子供がほしいとばかり望んでいたのに、生まれたとたんに思ったことは、おまえにはどんなお嫁さんが来てくれるのかな、お母さんみたいな娘かな、背が高いかな、低いかなと思ったりもした。そして、この子のために少しでも長生きできるように願かけをして、心の中で祈った。

私にすると五分ほどの時間だったが、看護婦さんの話では四、五十分ぐらい眺めていたと言う。

そこへ兄姉たちが祝いに見舞ってくれた。夜中の一時ごろである。

「よかったな　よかったな」

そのときに見舞ってくれた兄姉が誰であったのか、全然覚えていない。他の妊婦や患者さんに迷惑になるので、部屋のない通路で話し合いながら、

「あなたも今日からお父さんか」

と喜んでくれて引き揚げた。

看護婦さんが、

「個室だから、お父さん。お母さんを見舞って泊まってってください」

と言ってくれた。

明くる朝、看護婦さんが個室に赤ちゃんを連れて来てくれた。ベビー室から出してはい

けないが、

「お母さんは帝王切開で動けないから」

と先生に内緒で連れて来てくれたのである。

看護婦さんが赤ちゃんに向かって、

「お父さんですよ、お母さんですよ」

赤子の手を妻に差し出した。赤子の手のひらを妻が人さし指で撫でると、その指をしっかりと握り締めた。息子と母が愛情いっぱいに包まれた瞬間である。涙が出るほど嬉しかった。親子の最高のつながりの一瞬に感涙した。

「お父さん年がいっているけど頑張るから、おまえも早く大きくなれや」

と心の中で自分に言いきかせた。

妻と結婚して二十年目の早春であった。子供を授かった。大きな家族ができた。憧れであった家族三人で生活できるのが嬉しく、喜びを身体いっぱいに表現したかった。見知らぬ人たちにも知らせたかった。

「みんなありがとう」

妻は、帝王切開だったので二十日ほど入院していた。赤ちゃんも一緒にあずかってくれた。看護婦さんも愛情を感じてか、

「パパさんですよ」

と言ってかわいがってくれた。

赤ちゃんと妻が無事退院してから、妻の母に対面することができた。義母はほとんど寝たきりであったが、喜んでくれた。赤子の手を握ることはできないが、自分の手を差し出して赤子に握らせた。妻は赤子を母親に見せることができたのが嬉しいのか、子供に独り言のように、

「よかったね、おばあちゃんに会えて」

とあやしている。

レントゲンを浴びる

二十歳のときに胸部疾患にやられたことがある。十一月三日の文化祭のときで、大野では柳酒社《やなぎのやしろ》の祭礼が行われる時期である。

急に体がやせてきて食欲がなくなってきた。近くの医者に診てもらったら、気管支喘息であると言う。急に食欲が落ちたので心配になり、普通の医者よりみたてがよいというので、病院で再度診察してもらった。病院は木造建築だがどこか洋館造りのように見えた。先生は紳士的な品格のある人である。

「今日は都合が悪いので明日来てください」

と看護婦に言われた。あくる日の午前九時の予約をして、早速診てもらった。

当日はもう一人患者がいた。私のよく知っている人であった。私より四歳年下の女性で、同じ中学を卒業した人だった。二人ともレントゲン室に案内され、先生が、

「しばらくここにいてください」

と言って、暗幕を引いた部屋に通された。木造式のレントゲンが置いてある。

先生が、

「レントゲンの前に立ってください」

と言って、少し離れたところから椅子に座って機械を眺めている。まだ目が慣れないからと、五分あまり機械の前に立たされてから、

「見えてきた」

と言ってレントゲンを上げたり下げたりしている。

このときはレントゲンを浴びることが悪いとは思いもしなかったが、その後にレントゲンを浴びるのが大変悪いことであるのを知った。このような診断をこの病院で二回経験した。

妻と結婚してから不妊症のためにいろいろ検査をしていただいたときに、このような話はしなかったが、大きな原因がそこにあったようにも思う。レントゲンを撮るのに一瞬ではあるが技師たちは機械から遠く離れている。放射されているレントゲンを七、八分浴びると体がどのようになるのかわからないが、不妊治療の検査で精子を検査してもらったときに、

「精子の動きがよくない」

と言われた。また、

「全体的に精子の元気がない」

と言われ、この長いレントゲンを浴びてから十五年目ぐらいにいろいろ検査をした。実際は、レントゲンを浴びてから二十五年目に子供に恵まれたことになる。

レントゲンを浴びることで体の中がどのように変化するのであろうか。

医学的にこのようなことがわかればと思っている。あるレントゲン技師に訊いたら、

「レントゲンは瞬間的な放射であり、放射能はそこにあるもので、消滅するものではない」

と言った。

子供の養育

子供ができてからは、右近次郎団地に住宅があったので店へは家から通った。

家に帰ると、風呂に入れたり抱っこしたり楽しい生活である。子供のオムツを替えるとき、妻が一生懸命に乾布摩擦を行う。春まだ寒い中をひと月もたつと今度は水で固く絞ったタオルでマッサージする。子供は初め震えていたが、一週間もすると肌を赤くして喜んでいる。子供から見たら年老いた父母だから、子供だけでも丈夫に育てたいと、天気の良い日には乳母車に乗せてスッポンポンにして日光浴をさせた。

あるとき、店から帰ると元気がない。妻が、

「熱があるの、八・五度ほど」

「風邪をひいたかな。よーし、お父さんが熱を取ってやろう」

子供の手をしっかりと握り、眠っている顔を眺めながら三時間ぐらい手を離さず握り締める。子供は安心したのか眠っている。

十一時ごろ、

「熱が下がったみたい」

と。

子供はちょっとしたことで熱を出す。医者に行かず、何回か手を握ったら治るので、助かった。一年くらいは乾湿布摩擦を続け、できるだけ薄着で生活をさせた。お陰で幼稚園・小学校・中学校・高校と、風邪で休むことはほとんどなかった。

三歳ごろ、子供が小さな雨蛙を見つけて大変怖がった。私は捕まえて、

「大丈夫だよ」

と子供の手のひらに蛙をのせてやった。それからが大変だ。大きなどんびき蛙のすごく大きいものや、幼稚園の帰りにどこで見つけたのか団子虫をポケットいっぱい入れて帰ってきた。

「そんなもの早く捨ててきなさい」

触ると丸くなるのが面白いのだろう。小学校へ入ってから、今度は遠足に行ったときに、七色の虹色に輝くトカゲを学生服のポケットに入れて帰ってきた。

「お父さん、ほらかわいいでしょう」

きょろきょろ見まわし愛嬌があるのがかわいいのだろう。

「放してやりなさいや」

「ホタル籠に入れて飼うんだ」

「野生だからだめ」

と言ってもきかなかった。野生のトカゲは餌も食べないし、死んでしまった。

あるとき、幼稚園から帰ると連絡帳やその日に先生に習って作ったものを見せてくれた。カバンからそーっと出したのは、自分が作ってきた首飾りである。色紙を桜の花びらの形に切ったものや動物や木の葉っぱなどをランダムに切ったものと、色つきの長短に切ったビニールパイプでつないだ首飾りを、

「お母さん、かけてみて」

と、嬉しそうな笑顔で、

「明日の参観日にこれつけてきて」

と言う。ハワイのレイのように見えたが、妻は、

「これつけて行けばいいのね」

と、あくる日に妻は洋服の上から首飾りをつけて、

「お父さんどう」

と言って出かけた。幼稚園では子供が大変喜んで、どのお母さんよりも美しく見えたに

違いない。幼稚園ではお母さん以外にもう一人つけていたとか。このときの妻は私から見ても、高級なネックレスをしているよりも、子供の作った首飾りをつけて、大変美しく華やかな素晴らしい子供の母親で、輝いて見えた。

チャコちゃん

動物好きの息子が小学校一年生の秋、

「ヒヨコを飼いたい、買ってほしい」

と言うので、

「生き物は大変だよ」

と言ったが、

「でも、どうしても飼いたい」

と言うので、上庄のニワトリを養っているところに頼んだ。名古屋から取り寄せるから来たら連絡すると聞いて、一週間後に分けてもらった。

昨日生まれた生まれたてのヒヨコを、

「一週間もするとすぐ死んでしまいますよ」

と言うので、元気そうなヒヨコを五羽分けてもらった。

習ってきたとおり段ボール箱に裸電球を入れ、綿を敷いて水と餌を与え、

「すぐ死んじゃうよ」

と子供に言い聞かせていたが、八畳ほどの物置に放し飼いにしたのがよかったのか、死ぬどころか全部育ってしまった。店で育てていたので店を建て直すことになり、団地に引っ越した。建家が少なく、団地は留守にすることが多く、そのうちに野良犬に全部やられてしまった。

新しい家ができたとき、兄弟がいないせいもあって寂しいためか、

「また鶏を飼ってほしい」

と言うので、今度は三羽買ってやった。大きくなるにつれ、息子が名前をつけた。鶏は名古屋コーチンなので羽の黒いのがクロ、茶色いのはチャコ、少し小さいのはチコと名前をつけて育てた。学校から帰ってくると真っ先に鶏と遊んでいる。大きくなるまでにチコが死んだ。

餌をやったり水をやったり、よく世話をしていた。初めは小屋で育てていたが庭に大きな網を張り、放し飼いにした。

学校でなにかあったのか、帰ってくるとなにも言わずチャコやクロを抱っこしている。クロは五分も抱かれていないが、チャコは三十分でもいやがらずに抱かれている。息子も

なにも言わない。後で、

「学校でなにかあったのか」

と訊いても黙っている。先生に怒られたのかなと思っていたが、とにかく学校から帰ると、

「チャコやクロや」

と呼ぶと飛んでくる。我々が呼んでも全然知らんフリしている。

今日も、抱っこして黙って犬走《いぬばし》りに座っている。

私も妻もそれ以上に息子に質問はしなかった。

鶏も大きくなり、卵を産むようになった。いつも小屋に入って眠る鶏がいない。高い物干し竿に止まって眠るようになった。朝になると、自分で上がった竿から降りられないで一生懸命に鳴き叫んでいる。二、三日は誰かが下ろしてやらなければ降りられなかったが、そのうちに羽ばたいて降りられるようになった。今度は元気でいたクロが突然死んでしまった。市の焼却場に頼んで焼却した。残りの一羽のチャコを大事にしている。

遊びの友達というより、兄妹のようだ。時にはチャコを頭の上に逆さにのせても逃げないでいる。息子がなにをしても、鶏はいやがらなかった。息子が庭にいる間は、まとわりついている。時には道路に連れ出して、犬の散歩ならぬ鶏の散歩をしている。子供が走る

と鶏も走る。道路を歩く人たちが物珍しそうに眺めている。犬はなついてくるが、鶏がなつくのは珍しい。

このころには、我々が呼んでも飛んでくるようになった。庭に出るとつきまとう。大きくなるにつれて、息子も鶏の面倒を見ることが少なくなった。小学から中学になるころには面倒を見る回数が減ってきた。

息子が高校生になったころ、一週間に一個ぐらいしか卵を産まなくなり（それまで産んだ卵は黄身を箸で持ち上げることができた）、二、三日小屋に入ったまま動かなくなり、餌も食べないので、息子に、

「鶏も年寄ったから死ぬかもわからん」

と言った。息子は鶏に水と餌を与えていたが、受けつけない。それから二、三日後の朝、くちばしを羽にくるませて丸くなっている。息子が、

「元気出せや」

と慰めている。

「学校へ行ってくるで、元気出せや」

と鶏に言うと、それまで丸まっていた鶏が大きく立ち上がり、

「クックッ」

と二回ほど鳴き、廊下から玄関に姿が見えなくなるまで見送っている。一週間ほど全然動かなかった鶏が、急に立ち上がって息子に別れを告げるようなしぐさであった。丸こまると一時間後に亡くなった。

息子が高校から帰ると、鶏の屍骸をしばらく抱っこし、目に涙を溜めて、

「葬式して」

と言う。九年間兄妹のように仲良くしてきたから、息子の言うように動物のペット葬儀社に頼んで手厚く葬ってやった。

義母との養子縁組

私と養子縁組をした義母の実家は村（福井県丹生郡樫津）一番の資産家であったそうだ。田舎なので昔の豪農家と思いきや、機織業である。村に在住している由乃家という家の分家だと聞いた。何代前ぐらいまでの分家かはわからないが、義母と家族でお盆の墓参りをしたときに大きな屋敷跡があった場所を教えられた。

何人かの下男下女を置き、東京から役者芝居を呼ぶ勢いがあったそうな。

そんなときに義母の父親が相場師に騙され、資金から財産まで一文なしになり、大きな借金を抱えて大野郡（福井県大野市）に流れてきたという。なぜ大野に流れてきたのか、その当時、当地を布教行脚されていたお坊さん（美山町大宮願浄寺先々代住職）がこちら（大野郡）の方と聞き、引っ越した。義母から聞いた話では、読経といいお説教などが大変上手な方なので、住職の寺の近くに越してきたそうな。近いと言っても四キロぐらいはあり、この寺が今の菩提寺である。

貧乏のどん底で姉と義母との姉妹で一家を支えてきたと聞く。兄もいたが、若いときに大阪に出て家庭を顧みなかったらしい。

貧乏のため、義母は身売りしたのかされたのか、九歳のとき隣の勝山市に、十四歳前後にも市内に養女に出されているため、二回ほど養子縁組や離縁をしている。

そこが芸者置屋であったのだろう。厳しく育てられ修業を積んで一人前の芸者になったと聞く。三味線のバチや稽古三味線が飛んでくるのは日常茶飯事であったと聞かされた（ときどき離れで聞いた義母の奏でる三味線の音は素晴らしい音色がしたものだ）。後にその道に入ったからであろう。姉と二人で芸者置屋を開業、何人かの芸子を置いたという。そんな二人が時の流れと年老いてきたので置屋を廃業して、結婚もしていない高齢者二人のところへ私が店舗を借りて生活を始めた。

私たちが結婚二十年目に子供を授かり、子供が生まれる一カ月前に義母の姉が亡くなり、亡くなるより以前に、義母は姉妹で財産のためかどうか親子養子縁組をしていた。

「縁あって、この家で子供ができた夫婦の子供だから、後の面倒や後継ぎを頼め」と言って姉が亡くなったそうだ。身内のないおばあちゃん（姉）の葬式を、私が面倒を見て手厚く弔ってやった。

それから一カ月後に義祖母と交代のように私たちの子供が生まれた。

おばあちゃん（義母）に初対面の顔合わせをすると、血筋もない他人の子供なのに、

「男の子か。坊や、坊や」

と抱っこして大変喜び、嬉しそうに頬ずりをして涙ぐんでいた。

このときの義母の涙はなにを思い、なにを語っていたのであろう？　女として生まれて子供を産まなかったことを思っているのか、なにも言わずにいつまでも赤子を抱いていた。

養祖母（義母の姉）の一周忌の法要を、親戚の従兄妹たちを呼んで詣でた。

姉の一周忌を終えた後、義母は我々に、

「財産らしきものはないが、子供の養育費ぐらいと家屋敷だけだが、この家の跡目を継いで、私の最期を見守り菩提寺も護ってほしい」

と言う。我々は弟夫婦であり、私の実家や妻の実家と相談したとき、兄たちが、

「おまえが二十年間一つ屋根の下で暮らした様子と、人間性を見込んで頼むのだから、姓が変わってもいい。オバアチャンの願いを叶えてやったら」

と言ってくれたので、望んでくれることだから、妻と話し合い、それから義母と夫婦で養子として縁組をした。私が五十歳前のときである。

生粋の義母・贅沢な義母

そのあくる年、私の実家で父母の二十五回忌の法要を営んだとき、義母と私の兄弟の顔つなぎもあり、義母にもお参りをしてもらった。

「おまえ、ご仏前いくら持っていくんや」

このときぐらいから、義母は私のことをおまえと言うようになった。

「三万円ほど」

「そんなはした金私が出してやるで、これだけ（十万円）持っていけ」

と言う。結婚式でもないので驚いていると、

「おまえは両親の面倒も見んと、みんな兄貴さんにばかりに任せておいて」

と言って、

「こんなときに金子《きんす》を弾んでおかなあかん。私が恥をかく」

とこちらの考えていた以上の金子を包んだ。

さすが粋筋を通してきた義母だけあって、と感心した。

それから後は、兄弟たちの子供の結婚式や、法事、祝いごとに対しては、義母と相談をして携わった。

我々と一緒になる前の義母は、着物や衣装小物類はそのへんに売っている安物は買わなかった。

あるとき、家族で温泉に行こうと言い出して北陸温泉案内に申し込みをした。

そのとき義母は、

「私は一週間ほど湯治したいから、そのように頼んでおくれ」

と言った。この時代にはもう湯治をやる人はいなかった。

旅館や湯治代金は北陸温泉旅館総合案内所に任せた。案内所ではこまごまと訊かれたが、

「一週間ですか」

と念を押され、

「我々は一晩で帰りますが、義母は土曜から土曜までの一週間でお願いします」

と答えた。

それから三十分後に案内所から再度電話があり、念を押された。

温泉に行く前日、旅館からも案内の電話を頂いたが、一週間ともなると我々には信頼性

がなかったのであろう、苦い思いをした。

旅館では、支配人やお姉さん方に心遣いをするのに、義母が私に恥をかかせないように
とポチ袋を渡した。また支配人には、

「おばあちゃんは好き嫌いが激しいですから、食べたいものを出してください」

とお願いをした。

皆で温泉風呂に入り、家庭風呂の小さい風呂しか見たことのない息子は、大きな湯舟や
タイル張りの浴槽が気に入って、なかなか風呂から上がらなかった。

一晩泊まって帰るとき、

「土曜日の午後に迎えに来てほしい。そして茶ダンスにお金があるから持って来て支払い
をすませてほしい」

と言うので、余分に用意したお金をもって、一週間後の午後、息子と迎えに行った。

帳場で支払いをすませるとき、

「おばあちゃんは粋筋の方ですか」

と訊かれ、

「昔はね」

と答え、

「身のこなしといい、話しぶりが全然他の方とちがうから」

と言われたのであった。

我々から見ると普通のおばあちゃんだけれども、見る人が見るとわかるようである。

それから後、義母がなくなるまで、春と秋の二回温泉で湯治した。そのときは我々も一晩だけ温泉を楽しんだ。またときどき家族で施設旅館などに一泊すると、係の人から四十歳前の方は普通料金をお願いしますと言われ、私は五十歳を過ぎていたが、妻と目配せして普通料金を払った。

人生の裏表を知りつくした義母で、家主としては長かった。私が子供としていられたのは短い間だったけれど、多くの人生経験や人間模様を勉強させられた。

また、普段は隣町や近所などで人が亡くなっても、必要でない限り話を聞かせず、義母から訊かれるとわかっていてもとぼけることが多かった。

年のせいか寂しい話はいやがるので、にぎやかな話やめでたい話などを言って聞かせた。

息子の成長に伴い、義母は本当の孫以上に息子をかわいがり、おやつ類は妻が買ってきて義母に預け、息子がそれをもらうのが日課になった。

息子は一日に三、四回、義母におやつをもらいに行く。

「オバアチャン、おやつほしい」

と言うと、歩けるときはよかったが、だんだん寝つくことが多くなり、子供が、

「おやつほしい」

と言うと、義母は這っていってでも茶箪笥のおやつを与えた。妻が取りやすいように枕元にお菓子を置くのは、子供との会話が少なくなるのでいやがった。

子供はおやつがほしいばかりに何回でも行く。それが義母の孫に対する生きがいであり、唯一の楽しみと喜びであったのだろう。

「おやつまた、もらいにこいや」

と目を細めて笑顔で眺めるのが日課であった。

この当時、義母がちょうど八十八歳になったので、

「前のオバアチャンも米寿のお祝いをしたから、オバアチャンも米寿の餅を親戚に配ってはどうか」（義祖母の米寿の祝賀会を私が世話をしたのである）

と言うと、

「餅は突き殺すというから祝ってほしくない、今のままがいい」

と言い（昔から米寿の餅は突き殺すというのでいやがる老人もいる）、

「一日でも永く坊やといるのが楽しみだから、祝いも餅も配らん」

と断られた。

私は世間体もあるし、義母の従兄弟たちや、私の身内たちと祝いたかったが、義母の意見を尊重した。そのときに用意した赤い帽子とチャンチャンコが今もある。

義母の最期

九十二歳になって義母もずいぶん体が弱ってきた。食事も食べたいときに食べるだけである。また、義母の好きな料理を作って出しても、

「なにを食べてもおいしくない」

と妻を困らせていた。こんなときチラッと嫁、姑の関係が見え隠れした。

妻は、義母の体に精のつくものをといろいろ料理を考えていたが、思うようにはいかなかった。

朝から物音一つしないと、部屋をそっと覗き込むこともあった。実家にいる兄が、

「知らぬ間に死んでいたということのないように大事にしてやらにゃ」

と言っていたので、なにも用事がなくても声をかけた。

診療に回ってくれた医師から、あまり長くないことを知らされた。

しばらくして朝から動きが悪くなり、兄も見舞いに来てくれた。

自分で話すこともできなくなり、動くこともできない状態だった。

「オバアチャンだいぶ弱ったな、いくつになった」

「九十二歳になった」

と兄と店先で話し込んでいると、妻が私を呼ぶ。少し息が途切れ苦しそうだ。あえいでいる。

義母に、

「オバアチャン、辛いんか」

と私や妻が声をかけると、朝から動かなかった義母が体を斜めに起こして妻の膝に手をやり、妻の手を握ると同時に大きな息を二、三回繰り返して息を引き取った。

妻や私が顔や頭を撫でてやり、親子としての生活は短かったけれど二人とも涙が止まらなかった。

このときの義母の胸中はわからないが、我々に思いを託し、願い事を頼んで楽になったせいか、安らかに眠っているような最期の顔であった。

義母は話すことができなかったが、最後まで意識があったのだろう。優しげな表情なので私ども夫婦も安堵感を味わった。五歳の息子は急におとなしくなり、私や妻の手を握ってなかなか離さなかった。

湯灌《ゆかん》のとき、義母が大切にしまってあった軍服姿の凜々《りり》しい男性の写真と何通かの恋文を、妻が誰にもわからないように胸元に携えた。

義母は商売柄、相当な浮名を流すことがあったと思うが、この写真だけは身近に置いていた。夫婦で養子縁組をする前に見せてもらったことがある。

「なぜ、結婚しなかったの」

義母は第一次世界大戦の話や若かりしころの話はしてくれたが、この彼との話は涙ぐんで話さなかった。

戦死したのか、生き別れたのか、双方の家庭の事情があったのか、芸者だったからだろうか。中国大陸からの便りが多く（一部黒く塗りつぶしたところがある）、北海道や富山や金沢といったところからの便りがたくさんあり、二十代の交際していたころの様子が見てとれた。義母も金沢に何年か過ごしたことを語ってくれたが、彼と一緒だったのかどうかは語らなかった。

そのときに作った三味線が、義母の遺品として今でも残してある。

今は金さえ出せばどんな高級な三味線でも手に入る時代だが、当時としては手に入らない天下一品の品物で、特注で作らせたものと聞いた。そのときに一緒に金の箸を作り、義母は亡くなるまでこの箸で食事をしていた。

葬式は、店を片づけて自宅で営んだ。

葬儀には義祖母の実家や従妹たちが参列してお世話をいただいた。義母の子供として恥じることのないように、旧家の菩提寺（樫津念正寺）と現在の菩提寺の御前様お二人に、お導師様をお願いして、義母を弔い見送ることができた。

このへんの葬式は読経の中お焼香をすませ、お悔やみの弔電を読み上げ喪主の挨拶で終わりであるが、義母のときは違った。葬式の後、お導師様がいったん部屋に下り再度祭壇にお経を唱えかけた。私がわからずにいると、実家の兄が私に向かって、

「お焼香をしなさい」

と言う。

私が再度お焼香をすませ、続いて妻や子供がすませた。兄もすませ、義祖母の実家が終わってから参列者に挨拶をした。

義母に法名を頂戴したとき、院号を付けたからなのだろうか。しかし、どこにも院号を付ける家はある。

あっちこっちと葬式にもずいぶん参列しているが、こんな場面は初めてである。兄に聞きそびれてしまい、いまだにわからずじまいである。

義母が死ぬ前に両親の五十回忌をやりたいと言っていたので、義母の三回忌のときに祖

父母の五十年の法要と併せて詣でた。
それからは、朝な夕なにお仏壇にお参りをしている。

改築

　話は少し戻って、義母と夫婦で養子縁組をしてから後に、家の建て直しを進めた。というのは、土の中に穴を掘り玉砂利で追い固めた上に土台石を置き、柱を立てた家だから、永年の間に浮き沈みが激しく、少しの雪でも家がみしみしと泣くようになったからだ。堪えきれないのであろう。だから、家を建て直すことを考えた。

「離れ座敷のある立派な家を建て直そう。お金はこちらで用意するから」

と義母に話すと、即座に答えた。

「ありがたい話だが、私はこの家から送り出してほしい」

と言う。義母は、

「父母も姉もこの家から逝ったので、私もそうしてほしい」

と言い、付け加えて、

「私は人生のほとんどをここに住んできたから、このまま逝かせてほしい」

と懇願された。

「その代わり、私が死んだあくる日から新しい家の建て直しをしてくれてもええで」

と真剣に答えるので、それからは家を建て直す話は義母が亡くなるまで一切しなかった。

義姉と二人で買い取ったこの家に、思い出や哀愁が、未練が、あったのであろう。そのときは、年老いた義母の心中が読み取れなかった。

町家造りとしては立派なもので、店になる入り口の柱などは落とし戸用の溝が切ってあり、離れもあり、築後の年数は百有余年ほど経っていたのではないだろうか。造りが頑丈にできていたため、

「昔の大火事のときは、火の手が上方からも下方からも回ったときにこの家で火事をふさいでいる」

と義姉が言っていた。

家の壁が普通の家の倍もあり、屋根下に蔵造りのように土が十センチほどのせてあった。街道側の軒下は袖壁になっており、両方の袖壁に昔の火事後の焦げ跡が残っていた（この袖壁は今でも町中に見られる）。

しかし、壊してしまってから今でも残念なことが一つある。

家中の壁がすごく厚かったのと、昔の家なので、

「壁の中にひょっとするとなにか隠してあるかもしらん」

と息子と二人で、

「宝探しや」

と厚い壁を破って調べた。なに一つ出てこなかったが、残念なのは廊下の二階座敷である。

義母が、よく来客たちに部屋を見せていたのを思い出す。

現在ならもう絶対に造れないであろうと思う。違い棚、床の間付きの八畳の部屋全体の木部の部分が、螺鈿《らでん》造り（貝殻を埋め込んだ漆塗り）である。

天井竿から投げ押し落としがきから回りぶちなど三段で中の細い部分は朱塗りで仕上げてあり、建具の戸から障子まで全部螺鈿塗りであった。

天井板はすだれのように編み込んであり、糸による模様がほどこしてあった。柱だけは通し柱のため違っていた。

義母から、昔の殿様の平屋建て離れ座敷を移築して造られている、と聞いた。

大野の殿様のものなのか誰なのかはわからなかった。

永い年月のため、すすけて螺鈿の光沢は全然なかったが、貝の部分はよく光った。素晴らしいものなので、歴史資料にくわしい方を呼んで調査してもらった。

部屋を見回して、

「このような建物はどこにでもある」

と言う。しかし、どこにでもあるとは今まで聞いたことがない。

「屋根裏のツカを見とくれ。なにか書いてあるから」

と言うので、電灯を照らして見たが、記録らしいものは出てこなかった。

「建て直すので」

と言うと、

「ああ、壊しとくれ」

と、いとも簡単に言うので、つぶして改築した。

この調査に来た方は、家のことより、

「こんの家は古い家やで、なんかあるだろう」

と探しまわり、ガラクタのタンスの中から相当昔の宣伝ビラ（今の広告）が出てきた。

福井市の有名な店のものと大野市の有名なところの宣伝ビラを、

「これ、うら貰うわ」

と持ち帰ってしまった。

今聞くと、この広告も値打ちのあるものであるという。

この部屋の話を、改築してからある方に話したところ、

「そんな立派な建て方をしてあるのは普通の民家ではない、殿様の屋敷に違いない」

またある方は、

「惜しいことをした、知っていれば保存したのに」

と言って悔しがる。

調査した方がもっと住宅の歴史的な価値について知識があればこんなことにはならなかった、と今でも悔やむ。

昔の家並みやわら葺き屋根の家などは文化財として保存されている。

記念に、違い棚の子袋の引き戸だけ保存してある。資料館の方が悪いわけではないが、今思うと、現在の二階の部屋をつぶさないでこの材料で造っていたらと思うと大変残念でならない。家を建てることを優先して一生懸命になりすぎ、歴史的に大きな財産をなくしてしまった。

待望の家が出来上がり、私の実家や妻の実家から兄弟たちがお祝いに来てくれた。その日の午前中に、新築なのでお寺から御前様にお願いして、新築のお祝いと養母が生前、祖父母の五十年の年忌法要を願っていたので、お願いをした。

新築祝いの法要をすませてお茶を出してから、

「今度は五十年の年忌法要をあげますから、仏壇のお供え元を取り換えてください」

と言って、住職も衣装替えを始めた。

「最近では新築祝いをするところはほとんどないので」

と話しながら、

「五十年の法事をおばあちゃんに頼まれていたから」

と袈裟を七条袈裟に着替えて読経を始めた。兄が、

「お布施はいくらあげますのか知らんが、新築祝いと五十年の法事分と食事代と」

と言うので、初めに用意していた額より倍以上のお布施を納めさせていただいた。昔は在家などでは見られた様子だが、現在はこのようなしきたりも厳粛さもないようである。

祖父母、父母を語る

私の父母は恋愛結婚で結ばれたと、姉たちから聞いた。当時としてはまず恋愛で結ばれるということはなかった時代である。十七歳ぐらいで父と一緒になった、と母から聞いたことがある。大恋愛の末に結ばれたというが、どんな出会いであったのだろうか。

母の実家は良家で大変な資産家であったとか。それだけに結婚が許されなかったのであろう。親に反対され押しかけ女房だったのか。子供ができても七、八年間は実家に里帰りが許されなかったという。当時としては恋愛結婚は大変珍しいのではないだろうか。子供が三、四人できたときに初めて実家に里帰りを許されたそうな。寄せつけなかった実家の両親はもちろん、実家を頼らなかった母、帰らせることができなかった父と、それぞれの葛藤があったのであろう。体の小さな母を思うとき、愛おしく涙が止まらない。

兄も恋愛結婚だし（兄嫁が惚れていたらしい）、二番目の福井市の兄も恋愛結婚である。という私も、恋愛結婚である。兄の息子も恋愛結婚である。由乃家の男衆はみんな恋愛結婚をしている。女性姉妹は見合いが多く、妹だけが恋愛結婚である。

妻の実家も、妻以外の女性は全員見合い結婚をしている。

祖父のことはわからないが、どんな人生を送ったのであろうか。

祖父は、父が九歳ぐらいのころに亡くなったと聞いた。山仕事に行って崖から川底に落ちたらしい。母と山に入ったとき、

「この場所が、おじいさんが落ちたところだ」

と聞かされた。

あたり一面が稲くさ（三角の茎）の生い茂った場所であった。

祖父は若かりしころ大工をしていたらしく、村の神社の社を建てている。

奥美濃地震で村全体が廃村になり、村の神社を町に移築したとき、神社の廃材の中から祖父の記録した欅板が出てきた（「加藤仁助、加藤由八の建立」とあり、祖父が養子縁組をする前の姓である）。

現在は建て直した社の中に飾ってある（現在の大野市日吉神社境内）。

神社だから神様かと思いきや仏様である。千手観音様ならぬ八手観音様である。母からこの八手観音様の謂れなども聞かされた。

「昔、大雨で川に流されて谷川に引っかかっていた神様を、また奉り、今度は泥棒に盗ま

れて、買い取った神様だ」

そしてこの神様は、

「後家さんの神様であり、忙しい日々を暮らすのに手がいくつあっても忙しいと、手を二本ずつ増やして八本にしたけれど、やはり男手がなければだめだと言って頭上に男の神様を戴いている神様だ」

と、山に鎮座されていた折、母と二人で拝みながら聞かされた。そのとき一緒に祖父母の話も聞かされた。

祖父はその後に（山の神社建立後）、坂谷地区の老夫婦の長男として養子縁組をして、加藤姓から変わって別の姓を名乗るようになった（私も五十歳までその姓を名乗っていた）。

この当時、長男は戦争に行かなくてもよかった時代であると聞いた。老夫婦が亡くなってから、また生まれ在所に戻ったようで、そのとき、老夫婦の遺品として仏壇のお鐘を持ち帰ったと聞いた。

祖母は、祖父が亡くなってから子供三人を抱えて苦労をしたらしく、山奥にいても収入になることがなく、後家さんを通したから、冬は大野町や平泉寺で良家の女中をしながら三人の子供を抱えて生活を送ったと聞く。

祖母の五十回忌の法要で兄が話していた。祖母は山での生活が苦しかったからであろう、「町に連れて出てほしい、町で生活をしたい」と父に頼み込んだのは、父が四十七、八歳近くになってからである。

山から町に出たのは、私が生まれて一週間目のことだったという。一番上の姉が亡くなる前に、山から町に引っ越すころの故郷のことを話したとき、

「おまえをおんぶして町に出た」

と聞かされた。祖母はそれから四、五年後に亡くなった。

祖母の面影は全然ないけれども、四、五歳ごろ、父か誰だかわからなかったが、便所に連れて行くのに両脇を抱えていた姿をかすかに覚えているだけである。

父は優しい反面厳格な人間で、子供のころ仕事の手伝いをしないと晩ご飯にありつけなかった。そんなときは、母が父の寝た後にご飯の用意をしてくれた。

父は早めに寝床に入っていることだけがわかった。

父は山師（木挽き）であった。朝仕事に行く前に道具の手入れをする。手入れ中に家族の女はもちろん、近所の女性が鳶やガンドウ（七、八十センチ幅のあるのこぎり）をまたいだりすると、その日は仕事に行かなかったという。穢れを嫌ったのであろう。職人気質なところがあったのだ。

母が弁当の用意をしても、

「なにも言わずにそのへんを片づけていた」

と母は言う。荒い仕事をしていると、自分はもちろん仕事仲間にも怪我をさせたくなかったのであろう。頑固一徹の父である（自分もこのごろこんな頑固なところや一本気なところが父に似てきている）。

父母は学校に進学していないのである。だから、文字が全然読めない。

戦後、選挙制度ができて投票に行くときは、私たちに立候補者の名前を書く文字を教わっていた。そのときはカタカナで教えた。

ところが、父はお経の本は読むことができた。一般的なお経（正信偈《しょうしんげ》）を丸暗記しているわけでもなかろうが読めるのである。一ページ一ページ読めるのである。

仏壇に向かってお勤めの読経を始めると、必ず私が横に座らされて付き合わされる。妹や姉たちは呼ばれなかった。

父母ともに私ども子供には、

「読み書き、そろばんはしろ」

と厳しく言った。

母を思う気持ちは子供であったら誰も同じだと思うが、母と一緒に風呂に入ったのを覚えている。楕円形の桶風呂で、前の部分がへそ釜でエントツが立っていた。湯船の中は水面が高く自分の背では足が届かなかったから、母の太ももの上で妹と二人で母の乳房を撫でまわしていた。

この風呂桶の後に父が作った地獄釜の風呂になり、自分で入るようになって、風呂の中の落とし蓋が、体重が軽く最後まで沈まなかったのを覚えている。また、早く入るために手探りで温度を確かめると熱いので、裸になって中に入ると風呂桶の下はまだ水のようで冬などは困ったものだ。

水を張るのは私の仕事である。水がいっぱいになるまでには手漕ぎポンプで二百五十回ぐらいから三百回ぐらいは数えたと思う。この数えぐせはいろいろなところで利用した。へそ釜は釜が水に浸からないと火を燃やすことができないから、風呂桶に八分目ぐらいにするのには三十分ぐらいの時間がかかった。

また、母の言うことを聞かないと、箒《ほうき》を持った母に追いかけられもしたが、しばらくすると自分から仕事についた。

母を語ると切りがないが、母の変わったところは、中学を卒業するとき、晴れの卒業式の日に着る学生服を新調してくれたことだ。こんなことをする母親は少ないだろう。これはいまだに不思議である。なぜ学生服を買ったのか、女子大学生が卒業式に羽織袴を新調するのは聞いているが、もっと早く買ってくれれば薄汚れた服で通学することはなかったのにと思う。

これから社会に出るお祝いだったのだろうか。

私の息子が卒業するときは、せいぜい学生服にアイロンをあてたくらいだ。

母は、中学を卒業した日、私が丁稚奉公に行く前の晩に赤飯を炊いてくれた。

最近では赤飯を炊いて祝い事をすることが全然なくなった。

母は戦後どこで情報を仕入れてくるのか、昭和二十三、四年ごろに当時のラジオのダイヤルを回しているとき、

「このラジオの針（ダイヤル）のところに人が映るようになる」

と言った。それから十年もたつかたたないうちに、テレビが製品化された。

またこの当時に母は、

「日本のど真ん中を車が速く走る道ができる」

と言っていた。この時代はまだ自転車や荷車が全盛の時代である。町にはトラックや乗合自動車、タクシーしか走っていない時代に、新聞も読めない、家からあまり出歩かない母がなぜ知っているのだろうと思った。

子供なりに、山の中を自動車が走る道路ができてもどうもならんと思った。そのときは、

自分の知っている白山から願教寺山、経ヶ岳、荒島岳に道路ができるとしか考えなかった。しかし、車社会になり実際に道路ができた。私の思った所は通らないが、縦横無尽にハイウェイができている。

この時代に新聞やラジオで知らせていたのだろうか。当時としては不思議に思った。戦争がすんだ後なのに井戸端会議かなにかで、または兄から知識を得ていたのだろうか。いまだになぞである。

また、母は父親の弟である叔父の家を大変大事にした。婿養子にいったので苦労をしたであろうことをねぎらってか、義弟に世帯を持たすことができなかったことを悔やんでいた。だから私が年頃になったとき、数多くの婿養子の縁談があったが、母は、

「米糠三合あったら婿養子に行くな」

とよく言ったものだ。よほどのことがない限り、婿養子というのは、戸主以上に権力がないから男として認めてもらえなかった時代である。

母は小柄な割にはたくさんの子供を産んでいる。家事以外に仕事で勤めに出ることはなかった。

年老いてから母が父と二人で、

「京参りしたいから小遣いを都合してほしい」

と言ってきた。私も苦しい立場であったので、

「宿賃までは出せないから」

と一万円を渡した（この時代の市役所の初任給が一万五千円ぐらい）。

「兄貴に内緒にしてくれ」

と言っていたが、兄と一緒に生活しているとお金をせびることができなかったのだろう。

父だけが日光見物をしたときも、母が、

「小遣いを出してやってくれ」

と言ったので渡してやった。

父が旅行から帰ってきたとき、私が小遣いを出したのが嬉しかったのか、

「日光はええところや、立派な建物や飾りがひどく良かった。文字が読めないから案内のガイドさんについて歩くのが、精一杯やった」

と喜んで土産話をしてくれた。

私が親にできたただ一つの親孝行らしきことである。今思うと、もう少し出してやればよかったと悔やまれる。

母が亡くなってから、今度は父が山で使っている懐中時計が、

「直しても、直してもすぐだめになるから、懐中時計を買ってほしい」

と言う。早速知り合いの時計屋から持ってきてもらった。金張りより普通のスチールの時計が良いと言うので買ってやった。

それから間もなく、母の後を追うように逝ってしまった。

父が亡くなる一週間前、一番上の姉（吉田郡）の舅《しゅうと》が亡くなり、お寺が大野の坂谷にあるので私が法名をもらってくるように頼まれて、十キロほどの夜の道をトラックを走らせてもらってきた。そのとき道路事情が悪く、でこぼこの道を走ったために、運転台のフロントに置いたはずの法名がなくなっていた。真名川にかかる五ケ橋の橋の上である。室内灯がつかずあたりは真っ暗で、手探り状態で足元からシートまで探したが見つからない。身の毛がよだつと言うのか、このとき初めて人間の髪の毛が立つ経験をした。頭皮や体全体がヒヤッとして（冷や汗ではない）柔らかい毛が硬く立つのである。

経験者は語るではないが、物が物だけに恐怖心というか怖さというか、金縛りにあったようになり、ヘッドライトを消してあたりに目をならしたが見つからない。人はもちろん、車も通らない。震えながらとにかく実家に着いた。

玄関先でトラックの中を懐中電灯で探したら、車が飛びあがった拍子にボディの間にまぎれこんでしまい、それでわからなかったのだが、見つけることができた。このことを目の前の父に話したら、

「人が亡くなったときの弔いの使いは、近くであろうが遠くであろうが、どんな間違いがあるやもわからんから一人では絶対あかん、二人で行け」

と教わった。これが親父と交わした最後の言葉になった。明くる朝親父が脳溢血で倒れてから今日現在まで、こういうことは必ず二人で使いをしている。父から習った最後の教えである。このことは、近所や身内などで弔いの使いなどに誰かが一人で出かけようとする人がいると、必ず、

「私も一緒にお供します」

と言ってついて行くようにしている。自分の都合が悪いときは、

「子供でもいいから一緒に誰か連れて行け」

と強制的に命令する。

兄を慕う

長男である実家の兄は大変気の優しい、私の父親的存在である。若かりしころの、中折れ帽子をかぶった粋な伊達姿の写真を見たことがある。

学校は辺鄙《へんぴ》な山郷だから、山の分教場に通ったらしい。小学一年生に入学したときに、やはり分教場の先生も新任教師として新しく来られたそうだ。

兄は頭脳明晰で、大変素晴らしく成績が良かったために、分教場の先生の交代の時期が来ても兄が中学を卒業するまで交代しなかったという。一心一体の付き合いをして、どんな子供になるのか見たかったのであろう（兄が亡くなるまでこの先生との縁は切れなかったそうだ。また、先生から観音様を書いた掛け軸を兄は頂いている。立派な軸であった）。

兄が小学校五年生のときに書いた習字の掛け軸があった。いつごろ表装したものかわからないが、立派な表装ではなかった。母から、

「兄貴が小学五年生のときに書いたものだ」

と聞かされ、大変素晴らしい立派な書であった。今の高校生でもあれだけの字は書けないであろう。美術系が大変良く中学校を卒業するときは先生が、

「京大の美術専門学部に出してほしい」

と両親に頼んだそうだ。

両親は京大がどんな大学であるか知る由もなかっただろう。

「悲しいかな、とてもそんなところには出せない」

と断ったと、母が話してくれたことがある。その話と一緒に兄は弁当を持っていっても毎日のように弁当箱を忘れてくるので困ったと言っていた。

(私も、私なりに絵画は好きで、子供のころはもちろん、社会人になってからも風景や抽象画、生物などを描くと、影のつけ方や色具合を兄に手直しされた。また、絵画鑑賞が大好きで、東京にモナリザが来たときに鑑賞に出かけようと用意していたら、テレビの取材で混雑して見られないというのであきらめた。県内で有名人の絵画展があると、必ず鑑賞した。

私は油絵を習ったことがないのでいまでも描けないが、水彩絵の具を油絵のように描くのが好きだった。独身時代はオートバイに乗って写生にでかけたものだ。経済的余裕ができたら油絵を描きたいと思っているうちに、この年になってしまった。今からでも遅くは

ないけれども、夢を実現させることができないのが残念で寂しい）

兄が実家の家を新築するとき、私はまだ独身であったが、兄に新築のたしにしてくれと五万円を包んで出した（月の小遣いを親方から五千円もらっている丁稚小僧をしているときである）。

母から、貯めている金があったら、

「いくらでもいいから出してやってくれ」

と頼まれたが、私にすると現在の五十万円ぐらいの気持ちであった。

「おまえが自分の家を建てるときは、今度は兄貴が相当出してくれるだろう」

と言っていたが、貯金をはたいて母を喜ばせるために使ったように思うけれど、兄や兄嫁は別段喜ぶふうでもなく、お礼も言わなかった。私の貴重な金が生かされたのかどうかわからない。実際に自分の家を新築したときは、兄は別段余分なお金はくれず、わずかの祝い金五万円だけであった。

私が祝い金として大金を出したのが忘れられているようであった。

両親が亡くなってからはなにかと兄に相談をしていたが、兄も自分の人生を時折話すことがあった。両親との葛藤や、結婚したかった高嶺の花の相手、片づいている姉妹たちの人間模様を話し込むことが多く、また子供たちの話をすることもあり、兄の人間性を垣間見たように思う。

年老いてから、親父の代わりをしてきたときに、話せなかった親類縁者たちへの自分の思いを私に話すとき、相当辛かったのであろう、胸を詰まらせながら語ってくれた。

「ワシがなにごとも我慢することで弟妹夫婦の仲が丸くいくのであれば」

近くにいる男兄弟だから話したのであろう。私は、

「兄弟みんな、何気なく生活しているのが最高の幸せであった」

と言うのが精一杯であった。

これとは反対に、妻の実家は義兄が大変よくしてくれるので、この年になっても正月などは顔を出して、義兄と一緒に酒を酌み交わしている。

ついでに兄以外の兄姉を語るとすると、福井の兄は若いときは中龍《なかたつ》鉱山の鉄工部で働き、福井市に出て結婚するときは製材所に勤めた。製材所で使用している帯のこぎりの目立て職人であった。大野にも越前木材という製材所があり、そこの先々代の社長が父や実家の兄（目立て職人）が世話になったことを話し、どちらもよい職人であったと聞いたとき、福井の兄の話になった。

「帯鋸《おびのこ》の目立てをさしたら天下一品である」

と社長が福井の兄を誉めていた。

「いかにしたら切れ味が出るのか、相当研究して腕を磨いたに違いない」と言っていたのを思い出す。福井の兄は恋愛結婚であるが義姉さんが学歴があり、彼女の方から結婚の申し込みをしたそうだ。恋文ならぬ手紙で申し込んだのは英文であったそうだ。当然読めないから人に読んでもらったら私と結婚してくださいと書いてあったと言っていた。義姉さんの亡くなる前に話してくれた。

一番上の姉は、私が世帯を持ってからは母親的存在で、結婚から店舗開業まで、どんなことでも相談をした。義兄が事業に長けていたために、実家以上の相当な経済的援助をしていただいた。お蔭で今の自分があるように思う。息子などは、盆正月と言わず姉がくると小遣いをもらっていた。姉が亡くなったとき息子に、

「松岡の伯母ちゃんのお通夜や葬式に一緒に行くか」

と尋ねたら、

「お参りする」

とついてきた。義理人情だけはわかっているようだ。

これと同じように、春日町の双子の姉夫婦は、

「一寿君（私の息子）にはおばあちゃんが（私の母親や家内の母親）いないから」

とおばあちゃん役をしてくれた。生まれてから成人式を迎えるまで盆、正月はもちろん、

入学式のお祝い、卒業お祝いと実家のように面倒を見てくれた。私も姉の孫にはできるだけお礼の形をとった。これらとは反対に、私の実家はなに一つしてくれなかった。義姉さんにこのような理解がなく情けない実家である。まだ息子が使っているおもちゃや三輪車などを自分の孫たちに持っていく始末である。息子が幼稚園から帰って三輪車を探しているが、

「誰か持っていったのかな」

と慰める始末である。

私の妹も、クリスマスになると必ずケーキとプレゼント、正月用のお年玉を持ってきてくれた。妹の結婚したころは生活が苦しかったので私がいろいろ援助をしてやったが、兄弟の子供としては私の息子が最後であり、得をしたのではなかろうか。生まれてから小学校を卒業するまで、もらった小遣いは貯金していたが、中学校になってからは、みんなに頂いた小遣いやお年玉は好きなように使わせた。

妻の実家は、義姉さんがなにかと気を使って大変良くしてくれた。また、妻の妹も大変良くしてくれた。

息子の従兄弟兄弟たちは親の手のかからない年頃になっていたので、みんな息子一人をかわいがってくれた。

人間の骨を食す

持病のある母は、頭痛がひどくなると、

「頭をひねってくれ、頭をひねってくれ」

と言う。どういうわけか、頭の真ん中を押さえてやると楽になる。母が座っている後ろから、長いときだと三、四十分ぐらいひねってやる。ひねるというより押さえてやるのである。中学生のころは、夜寝る前に毎日のようにひねってやっていた。硬かった頭の骨が、亡くなる前には孫たちにもひねってもらったのだろう、骨が陥没して皿のようになり、ぽやぽやであった。親指を立てて押さえると、指先が半分ぐらい頭の中に入るような感じである。触った一瞬は驚いたものだ。ぜんそくのある母は、それが原因かどうかわからないが、亡くなるまでその状態が続いた。

母が亡くなる前は、妻が毎日のように見舞ってくれていた。

「今日が峠だ」

と医者に言われ、夕方からみんな集まっていた。私もかけつけると、母が、

「おまえか、嫁と仲ようやらなあかん」

とたしなめられた。

我々が結婚して間もないころに夫婦喧嘩したことを覚えていたのだろう。鬱や認知症は全くなく、意識が大変しっかりしていた。

母が亡くなるときは父が後ろから抱えるようにしていたので、父の腕の中で安らかに眠るように亡くなっていった。

当時としては当たり前のように思って眺めていたが、今流に言うなれば最高の夫婦愛の証しではなかったろうか。子供たちがみんな見守っていたが、誰一人親父に代わって看病する者がいなかった。最期の別れの絆を確かめ合うように、幸福な母であり父であった。羨ましいかぎりだ。

この年になるまで人の死に際を相当見てきたが、母のように、夫に抱かれて最期を迎える者には、出会うことがなかった。

現代はほとんどの方が病院での自然死が多く、ベッドで機械的に上下ができて寝起きが自由なのと、家庭の畳の上での死が少なくなったから、これらの光景は見られない。

母が亡くなったときは、自分が物心ついてから初めて経験した「人の死」だったので、

母の思い出よりも寂しさや悲しさだけが先になり、なにかというと涙が出た。

兄弟みんなで自分たちの気持ちを紛らわすように、にぎわしく弔って送り出すことができた。

骨拾いのときが来た。骨拾いでもこんな小さな骨になった姿になった母を見ると、また涙が出てきた。それを見てかどうか、実家の兄が私の耳元でささやいた。

「母の骨を食べてみよ」

と言う。聞いた一瞬、驚きよりもなぜ兄がこのようなことを言うのか、と思った。

「ワシも味わったことはないが、親でないと経験できないことだから」

と言うので、兄弟や妻にも内緒で母の頭の部分の一円玉ほどの大きさの骨を、兄と食べた（本当は母のどの部分の骨を食べるのか、兄も私も大変迷った）。骨の味は書かないでおこう。

その後に兄が、

「母との未練や思いが絶ち切れるから、頭の中から怖さがなくなる」

と言ったように思う。そのせいかどうか、母を思うことはあまりない。

これらの経験をしてから、子供のころから抱いていた恐怖心というものがなくなり、相当の場面に出くわしても、みんなが怖がることでも恐れることなくできるようになり、自分でも驚いている。

母が亡くなってから二年後に、今度は父が平泉寺の坂道を自転車を引いて登っているときに脳卒中で倒れて、それから一週間後に亡くなった。

やはり母親同様、親父の骨を兄とともに頂戴した。

興味半分とか面白半分ではない。真剣にやったことである。こんなことをする人間は多くはいないだろうが、長い人生の自分の経験である。しかし、このようなことをした兄や私は、犬畜生にも劣るのかもしれない。人道をかけ離れたことをしでかしたのかもしれない。でも、後悔とかはない。

父母を思い出すとき、心の中にではなく、いつまでも体の中に一緒にいる気がする。今でもその気持ちは変わらない。

兄とのこの経験を、自分の息子にもぜひ実行してもらいたいと思っている。また、兄とはこのとき以外に、この話をお互いにすることがなかった。

妻との出会い

私が妻と出会ったのは、昭和三十五年の三月に自転車店を開業して間もなくであった。一人者の私の店に若い衆たちが男女を問わず出入りするようになり、若い人の溜まり場のようになったのである。

友達の友達が友達を連れてくるようになり、男女を問わずお客もできたし、遊び仲間でにぎわった。

当時、大野でソフトボール（後に大野は国体のソフトボール会場になった）が盛んに行われたときに、私がスポンサーになり、スポーツウエアの上着だけを新調して、クラブチームを作った。練習試合などで（当時は女性三人を含む混合チーム）女性たちにもメンバーに入ってもらい、その中に妻となる彼女がいた。スカートをはいた細身の脚線美の美しい娘だったのが印象深く、バットを振るのを眺めたりして、そのときはあまり話もしなかった。

近在なのだが親元を離れて、集団就職ではないけれど寮に入り、二交代制の仕事（職布工員）をしていた。

それから休日や練習試合、大会などのときにときどき出入りするようになり、一人で店に来ることもあった。

彼女の友達や、今でいう二人二人の合コンなどもした。それから後に、

「福井に花見に行こう」

と彼女だけを誘った。

福井市の卸問屋の友人にも、

「彼女ができたので紹介するから」

と言われて、花見の招待も受けたこともあり、友人たちのアパートを訪問した。雑談のあと、二人で福井市にある足羽山に春の花見に出かけた。田舎町だから噂がすぐ広まりそうなときは、電車に乗るのにも向こうとこっちに別れて乗った。いまでは時代遅れのあいびき（デート）である。このとき彼女は、ベージュ色のスーツを着て体の線が美しい容姿であり、一緒に歩いていて映画の中の一シーンに思えた。また、腕を組んで歩くこともあったが、皆に見られたいような恥ずかしいようなときである（現在のようにオープンな時代ではなかった）。彼女は服装のセンスが大変良く、私好みであった。娘時代の一番美し

かったころではないだろうか。あいびきは車がなかった時代だから、休日などは単車（オートバイ）に二人乗りして遠乗りをした。

しばらくして彼女が店に来る回数も多くなり、近所の方に知られて客商売として不利になってもいけないので、彼女と二人で喫茶店に行き、私は別れ話をするつもりで向かい合って座った。

彼女はまだ若く十九歳であった。私は今すぐでも結婚したいわけだし、これ以上深入りをしない間に別れ話を切り出した。

「あなたはまだ若いし結婚も早いから、これからはあまり逢わないようにしよう」

「わかるけど、別れることはない。一緒になればいいのよ」

といとも簡単に言う。そうして、

「二人で頑張れば問題ない」

と。このとき彼女は「私がこの人を支えていかなければ、助けていかなければ。私が大きくしてやろう」と思ったそうだ。

私は一瞬、度肝を抜かれたようになり、それでも、

「でもこれでいいんか」

と問い返し、心の中ではすごく嬉しかった。

妻への結婚申し込みの言葉はなかったが、

「別れよう」

が、プロポーズのきっかけになった。その場は多くを話さず帰ったが、結婚できると思うと見るものがみんな明るく爽快に見えた。

早速彼女を実家に連れて行き、母に、

「この娘と結婚をする」

と報告すると、

「それはいい、仲良くやっていけや」

と喜んでくれた。体がずいぶん弱ってきているせいか、年老いた母がいとおしかった。

それからが大変であった。話を進めて行くうちに、彼女の父親には結婚式の当日まで猛反対された。彼女の姉妹はみんな農家に嫁いでいると言う。農家は食うことには心配がない。だから最後まで反対された。

私は弟だし、家がないだけに反対されたわけだから、ゆくゆくは土地を買い住宅を建てることを頭に置いて結婚した。

その年の暮れに、結婚式は実家で恭しく行われた。妻も兄弟の七番目であり、妹たちも結婚して、私の兄妹も入れて兄弟姉妹義兄弟が三十人になった。兄弟として十五家族と付き合いをして行くのは並大抵ではない。これら兄弟として付きまとう苦界や経済事情が大変である（赤ちゃんが生まれた、舅さんが、兄弟が亡くなった、兄姉の子供の結婚式や、法事やらと私の実家や妻の実家を中心にして大変である。私たち夫婦には甥や姪が三十五人いる。我ら老いた夫婦には気苦労が絶えない）。

店を大きくしてあったため、生活スペースは四畳の一部屋である。夜具、風呂道具一式と、整理ダンスを置いた狭い部屋である。

こんな生活でも、妻は苦情を言わなかった。それまで店に出入りしていた友人たちとも、結婚してお互いの生活のため、今までのように交際をしなくなった。妹や妻の友人たちが子供ができたと店に来たりすると、初めはよかったが子供のいない私たちは、羨ましくなり、気持ちばかりが焦った。

十年もすると、ひょっとすると子供が授からないのではと、頭を掠める。この時分から子供を産まない妻がかわいそうで、いとおしかった。妻の兄弟も私の兄弟もみんな子供に恵まれているのになぜだろう、と考える。子供をあきらめたわけではないが、二人の老後や生活のために、町上のほうで団地が造成されたときに住宅用地を購入した。

店の品物や家財道具も増えたので、小さな小屋でも建てようと大工さんに相談したところ、

「小さくても後々住めるような倉庫兼用の家にしたら」

と言われ、当時は住宅金融公庫では三十六坪ほどの家しか建てられないところを倉庫兼用のため四十五坪ほどの家を建てた。相変わらず寝泊まりは店でやっていた。家ができるまでは町中の銭湯に行っていたが、女風呂は子供のいる親が洗い場などを優先して利用するので、子供に恵まれない妻は皆に気兼ねをして、

「片隅に追いやられ寂しい思いをした」

と言う。町の銭湯がにぎわったころである。

家ができてからは団地の風呂に入り、そういう煩わしさがなくなった。

子供が授かったときから、この家に住むようになった。

子供が幼稚園に通うようになったころ、息子に、

「お母さん、赤ちゃん産んで」

と何回もせがまれた。しかし二人でニヤニヤしているだけで、答えようがなかった。県立病院の産婦人科の先生から、

「絶対に二人目の子供のことは考えないでください」

とくぎをさされた。高齢のため、母体はもちろんお腹の子供にも影響があったからだろう。我々もそれを守った。二人目を作ることは考えなかったが、先生が言った意味はいま

だにわからない。もう一人産めないことはなかったのではないか、と今は思う。

息子を産んでくれた妻に対しては最愛の感謝を心に決めて、一生妻の夫であることを自分に誓った。家庭はあったが、家族がなかったときを忘れることのないように、妻とともに一生を過ごしたいから。

子供ができる前もそうであったが、据え膳食わぬは男の恥ということを幾度となく経験した。自分で言うのも変だが、わりと女性には好感を持たれたようだ。

いろいろな温泉旅行先や観光地などで、どれだけ寝ている寝床の中に入ってきて攻められたかしれないが、自分で誓ったことは破ることがなかった。

お互いに好感を持っても、それまでである。惑わされない男を通した。

店を経営していたので女性客が多く出入りをしたが、妻がいるのを知っているのに平然と恋愛感情をむき出しにする女性もいた。それでも一切係わり合いを持たなかった。これらの女性は一線を守ることで忘れられた。

七つの徳

しかしなんと言っても、妻は私にとって天が恵んでくれた最愛の女である。

妻と一緒になったころ、店に来るお客さん（ブロック工業社長）から夫婦の年齢違いの話を聞かされた。私と同じ年頃の子供たちがいた方である。

「嫁さんといくつ違う」

と私は訊かれた。

「数えで七歳違う」

「私は一つ年上女房や」

と言いながら、

「それはいい、昔から女房は〝一つ上の姉さんか、七つ違いの妹さんで〟が一番いい」

それから、

「これから二人の人生がだんだん良くなっていく」

と聞かされて、本当にそうなら嬉しいと思った。

妻も誰から聞いたのか、

「私も百姓家から町に嫁ぐことができたのは、七つの徳を持っているから」

と言い、当時は百姓から町に嫁ぐことが少なく、町に来たことを誇ったものだ。

私の兄は私が義母と養子縁組をして一緒になったとき、

「家を担ぐ長男として七つの徳を持って生まれそなわっているから」

と私に言った。

また、損得を言わず人のために尽くすことも多く、よく年老いた人が、

「あなたは良い徳をしたね、いいことがあるよ」

と言われたりすると、なにかほほえましくなる。

妻とよくこんな話をする。

「私ら夫婦は晩年に芽が出てくるようね」

と言う。

「オバアチャンの後を継いだのが良かったのよ」

子供の成長に伴い団地の家を売却して、店だった店舗を建て替えた。今までの倍以上の家を建てた。

家の借金もあり、子供ができてから私も店をたたみ、勤めに出た。

北陸電力の下請けをする子会社だったが、社長が若く、自分の年齢の割にはいい給料をくれた。私なりに体の続く限り一生懸命に仕事に励んだ。

社長や社長夫人、事務員や同僚たちと海外旅行は二回ほど、温泉旅行も何回か行かせてもらった。年齢がもう少し若ければもっと勤められたのだが、残念である。

妻も内職（洋服のミシン掛け）をしていたが、

「これからは老人が多くなるから、介護施設に就職して世話をしたい」

と言って、現在勤めている民間の介護施設の理事長に直談判をして就職することができた。

そのときは人手もありなかなか芳しい返事をくれなかったが、理事長夫人が応援をしてくれたおかげで就職することができた。

勤めに出るようになったとき、

「人間の世話をすることは大変だよ」

と私は言った。

「人に負けん気でがんばる」

と言って妻が勤めるようになった。仕事をする中で亡くなる方もあり、帰ってくると涙

ぐんでいた妻が、このごろは職場関係や県関係の書類上のこととか、

「仕事場で施設にいた入院者の病院に見舞ったり葬式に参列したりできないのが寂しい、そしておかしい」

と私に対して苦情を言うこともある。

多くの方の介護をするようになり、妻も仕事上資格（介護士）がほしくなり国家試験を受ける準備や勉強を始めた。

妻ばかり試験に負い込むわけにはいかないと、私も勤めていた仕事関係の国家試験に挑戦し、試験勉強の付き合いをした。私の試験の方は鉄工関係のもので比較的簡単で学科、溶接の実技ともに合格した。

妻は項目が多く、夜中の一時、二時まで勉強していた。私は食事の後片づけなどを手伝った。一生懸命に勉強しただけに妻も試験に合格した。二人とも定年間際の年齢である。

それから一年後、

「ついでにケアマネージャーの試験を受けたらどう」

と言ったら、これも比較的簡単に合格した。

妻は負けん気の強い女である。どちらかと言うと、もうオババに近い人間を、親方（理事長）は介護主任、サービス提供責任者、ケアマネージャー、管理者とどんどん上に持ち

上げて、若い方たちのリーダーとして採用していく。定年はとっくに過ぎているのに、でも頑張ってくれている。嫁としては申し分がない。

私はもちろん、母が生きていたら、

「よい嫁や」

と言ってくれるに違いない。

我々夫婦は七つの徳を備わって生まれているのかもしれないけれど、なんと言ってもそれ以上に努力をすることが一番ではなかろうか。勉強をすることで仕事に張りが出てきて生活の支えが報われるのではなかろうか。子供のころに今の生活のように勉強して努力して頑張っていたら、もっと変わった人生があったのではなかろうかと思うこともある。

妻は、七十歳を過ぎた今でもまだ勤めている。

介護者としては施設の中では一番高い立場について、従業員から高齢者にまで一生懸命である。どんなに疲れていても、

「疲れをいやすのは畑仕事や」

と普通では考えられないことをする。今日も畑に出かけている。作物ができるのが最高に嬉しいという。

できた野菜類を兄弟や職場の同僚、スポーツ仲間たちにあげることを楽しみにしている。

交通指導員

自転車屋をやっている時、近くに小さなスーパーがあり（この時代にはまだ郊外の大きなスーパーがなかった）、うちのお客様でもあった。

スーパーのご主人もなかなか律儀な方であり、お互いに懇意にしていた。妻は食事の用意や買い物をほとんどそこでしていた。

あるとき、そのスーパーに有名な映画監督が来られた。どういうわけで来たかはわからない。そのとき一緒についてこられた方だと思うが、占い師が店先でお客を占ってくれたそうだ。妻が買い物に行ったとき、自分も占ってもらい、私の分も占ってもらった。生年月日と名前だけで占うことができるそうだ。

スーパーから妻が帰ってくると、私のことを、

「この方はこれから人の世話をする方だ」

と占い師に言われたと言って帰ってきた。別に生活が変わるわけでもないし、良くなる

わけでもないので聞き流していた。

それからしばらくして市役所の生活環境課のS課長がお客として店に来られたとき、世間話をしている中で、

「自動車の運転免許証を取得してから二十年間、無事故無違反や。金賞ももらった」

と言うと、いきなり課長は膝を乗り出して、

「行政で交通指導員の世話をしているので、ぜひ交通指導員をやっておくれんか」

と言う。詳細な話を聞いてから、

「私に人の世話ができるかね」

と問い返すと、

「課長という立場と行政上、私からお願いすることはできないので、地域公民館長か、区長さんの推薦がなければ都合が悪いから」

と言うので、S課長に任せた一カ月後、区長さんから、

「交通指導員をやっておくれんか、私が推薦しますから」

と言われて了解をした。

年度途中の委嘱《いしょく》であり、市長室で委嘱状を授与された。あまりにも厳粛に行われたため（帽子の付与など）、ものすごく重大なことに首を突っ込んだような気がした。指導員の制

服は警察官とほぼ同じである。帽子の紋と襟章、胸のバッジが違うだけである。

交通指導員制度が始まったのが昭和三十七年のこと。交通指導員会という組織に入り、交通に関する行事を幅広く活動している。昭和四十五年ごろに全国の交通死亡事故が多くなり、昭和四十六（一九七一）年に大野市交通指導員制度が発足した。私は昭和五十一年に委嘱を受けた。普段作業服しか身につけない者が、指導員の制服を着て帽子をかぶると、なにか心身ともに洗われたような気持ちになり、背筋を伸ばし姿勢を正して、胸を張って学生たちの登校時の交通指導にあたった。毎月一日、五日、十日、十五日、二十日、二十五日に交差点に立つ。現在は月二回に減らし、楽な半面、自分が担当する交差点で誰も指導員がいないと運転手が気をゆるめて事故につながらないかと心配である。

この時代はまだ歩く人や自転車のほうがはるかに多く、交差点に立つのも大変であった。交通指導にあたっていると、信号を守る人が少なく四方八方に目を配らなくてはならず、目が走るというのかなんというのか、左右といわず前といわず瞬間的に目に入り、警笛を鳴らすことも多々あった。早朝指導で自分の指定された交差点に都合悪く出られないときは、事故が発生しないか心配である。だから指導日はできるだけ出動するようにしている。指導以外のときに自分の立場で交差点の事故があると、原因などを調査したりして二度目が起きないようにしている。それ以外に幼稚園・小学校・中学校・高校・老人クラブまで交通安全教室、自転車安全教室を行った（福井県自転車安全推進委員の資格も二日間の講習で最初に取った）。

特に幼稚園・小学校・中学校・高校の自転車教室には、多い月には十四、五日と、三年ほど指導にあたった（現在は市役所内に専任の指導員がいるが、このときはまだ専任の方がいなかった）。春から秋にかけては大変であった。商売をしていたから自由時間はあったけれども、警察の交通課の方とどれだけ指導にあたったかしれない。そのときの交通課の彼も、もう定年退職している。

この時代の子供たちは、我々の話を真剣に聞き真面目そのものであった。現在の子供たちは真剣に聞いてくれる子供も少なく、先生が行儀を正すのが大変である。

面白いことに、小学生などに自転車教室を開いて実技指導にあたるとき、時には自分の実技指導が失敗するときがある。そのときはすぐ子供たちに、

「これは悪い例だからしないように」

と教えると、素直に聞いてくれる。

ところが、老人会の交通安全教室や自転車安全教室での実技指導などで同じように失敗をすると、訂正がきかない。例えば、踏切を自転車で渡るとき正式には自転車から降りて引いて渡るのが本来の渡り方であるが、

「自転車に乗って踏切を渡ることはいけません」(現在は乗って渡ってもよい)と実際に乗った状態でやって見せ、次はこれが本来の渡り方ですと、引いて渡ることを教えるのだが、実技指導に入ると実際はできない。

ほとんどの方が乗って渡ってしまう。中には、

「電車さえ来なければ大丈夫だ」

と、聞く耳を持たない高齢者が多くいるのが現実である。この時代は高齢者安全教室に行くと受講者が三、四十人ぐらいいて、教えがいがあったのだが、現在は自動車が多くなり自転車利用の老人が少なくなっている。にもかかわらず交通事故に遭ってしまう。

新聞に老人が交通事故で死亡と掲載されると、地元の事故ではないが、自分の指導が悪かったのかと残念に思うことがある。

これらはみんなボランティア活動であり、学生や市民が交通事故防止に協力してくれるようにお願いをして指導にあたった。

毎年のことだが、しばらく死亡事故や交通事故が少なくなったかなと喜んでいると、死亡事故が発生する。

登山双六《すごろく》ではないけれども、双六遊びで山の七、八合目まで登ると、死亡事故によりまた麓まで戻され底辺をうろうろするばかりで頂上が見えないことがあるように、この活動

もなかなか良い結果を見極めることができない。計算ずくで解決する問題ではないので、気長にやるしかなかった。

人のために尽くしているという実感は全然なかったが、三、四年したころから町内の人たちや市民、高校生から、

「ご苦労様です」

「おはようございます」

と挨拶されたりすると、占い師の言葉が当たっているのかなと思ったりもした。

このような行為が報われたのかどうか、損得を言わずに交通指導員として奉仕活動をするようになってから五年目、結婚して二十年目のときに子供に恵まれた。多くの方が祝ってくれるとともに、自分でも人のために尽くしたかいがあったと喜んでいる。

育児生活が忙しくなり指導員活動を辞めようかと思ったが、今までより出動回数を少し減らして頑張った。

苦労話としては、子供が幼稚園の年長組になったときの冬、二、三日の積雪で除雪した雪で道幅が狭く一車線になり交通渋滞になったとき、朝昼晩の通勤帯（昼食帯）に一時間ぐらいの交通整理に走った。二車線道路が除雪した雪で片側が山のようになり、一車線道路になると一方通行になり、車の運転手に、

「合図するまで車を突っ込まないでください」

とお願いするのに聞き入れてもらえず、突っ込んでくる。

車の運転手同士が、お互いに喧嘩している。

歩行者も多くなり、事故に遭わないように見守らなければいけないから大変である。

交通指導員は警察官ではないので、権力的に指導を行うことができない。運転手や市民にはご協力をお願いするばかりであるが、特に女性の運転手は聞いてくれない。また、私のことを交通指導員と思わないで警察官と思っているから、結構風当たりがきつい。男女を問わずののしられることもあり、情けなくなることもあった。それでも渋滞が和らぐと、やれやれと家に戻る。

朝昼晩の交通整理を五、六日間あまり続けたとき、幼稚園の息子が、

「お父さんは偉いね」

と言ってはにかんでいるのを見て、息子がせめて中学を卒業するまで一生懸命に頑張って尽くしてやろうと、指導に励んだ。

この積雪の指導は、前の道路が拡張されるまで続けた。誰かに話すことでもないのだが自分でもよく頑張ったと思っている。また、管内での死亡事故や重傷事故が続くと警察から直接電話があり、朝晩の指導を一週間ほど続けることもあった。

息子の中学卒業後、指導員生活も長くなったし、妻に、

「指導員を辞めようかと思う」

とそれとなく相談をすると、

「律儀なお父さんの趣味とは言わないけれど、真面目が取り柄のお父さんが生きがいのように活動してきたことだから、もうしばらく頑張ったら」

と言うので、今も続けている。

指導員会の会長になったとき、気苦労もたくさんあったが、平成十六年に交通安全功労者団体として全国五団体に選ばれ、大野市交通指導員会が内閣府より国の交通対策本部長表彰（内閣官房長官賞）を受けた。市長、議長、警察署長と共に祝賀会を開催し、受賞した喜びを分かち合った交通指導員会は、大野市交通指導員会だけであった（ほかは企業団体など）。

関係各位のご支援ご指導の賜《たまもの》である。

そして、交通指導員としてお世話されたＯＢの方たち、また現役交通指導員一人ひとりの指導活動の努力の賜でもある。会員を代表して首相官邸での表彰式に参列し、市長に受賞報告をすることができた。輝かしい誉れある出来事である。指導委員会の団体として福井県知事賞、大野市長賞、大野警察署長表彰など数多くの表彰を受けている。私個人とし

ても福井県知事賞、大野市長賞二回（文化賞）、全日本交通安全協会賞（ミドリ十字賞）、中部管区警察局長賞などの表彰を受けているが、三日から四日の割合でなんらかの指導活動に励んでおり、自分や家族のためにも交通指導員を四十有余年お手伝いしてきたかいがある。また、自動車運転歴も七十有余年になるが、無事故無違反を通している。といっても、違反をしていないわけではない。店員をしていたころ、バイクを修繕して、まだ出来たての砂利道を試運転中に速度違反で捕まったことがある。測定は今式のものではなく、電柱から電柱の間をあなたは何秒で走ったと言われ、キロ数に換算すると七キロオーバーだと言われて、裁判所で過料金七百円を払ったのである。そのとき一緒に捕まった近所の大学出のお兄さんが、どんな計算をしても計算が違うと駐在にかけ合ったが、聞いてもらえなかった。今思うと、人生がノンビリしていたころのオモシロ話である。

控えめな運転が功を奏したのか、私の指導活動が四十年近くなったころ、市役所で、もっと上の表彰（国）を四、五回申請してくれたが、これに勝る器ではなく、申請が通らなかったようだ。捕らぬ狸の皮算用であった。課長などの力加減かもしれない。消防団などは三十年余りでもらえるものが、交通指導員は下の下なのかもしれない。妻はなにか当たりそうなのに、と慰めてくれる。

毎月一日の交通指導員定例会で月の行事予定を取り上げ、若い方、女性指導員が率先して活動に励んでくれる。県下でも有数の素晴らしい団体組織であると思っている。

会長を退いたとき、自分なりに一生懸命に頑張ってきたので、少し手綱を緩めて余裕のある生活をと思っていたが、十七、八年前の春、福井県警察本部交通課から昨今の高齢者の死亡事故が多くなり、福井県高齢者大学交通安全リーダー協議会を要請されたので、改めて手綱を引き締めている。現在は大野警察署高齢者交通安全リーダー大野支部の会長をしている。昨年は福井県警察本部の高齢者交通安全リーダー会長に任命されたが、コロナ禍によって各地区の会長会議はできなかった。

最近は老人の交通事故が多くなり、齢を重ねた方の死亡事故が多くなった。非常事態宣言が発出されている。個人的に思うことだが、なぜ老人が夜遅く出歩くのであろう。家族がいないので家の中が寂しくなるからか、あるいは、アルツハイマー型認知症（介護支援専門員の妻の言葉）と聞いた。非常事態宣言が発出されると、早朝指導はもちろん、薄暮にあたる時間帯の指導も時間の許す限り毎日行っている。高齢者の事故は夜間が多く、高齢者教室を開いた何カ所かの方は、夜間外出すると自分から自動車は見えるので、自動車からも自分が見えていると思う方がほとんどである。だが、夜間は自動車の運転手から歩行者や自転車は見えにくいのである。最近、交差点に立つときは役所に知らせるように言われてからは、出動回数が減ってしまった。

私にとって交通指導員の活動は、家族ともども幸せを導いてくれた役職（ボランティア活動）であり、家庭や仕事の中でも交通指導員の活動を最優先に人生の半分以上を過ごしてきたから、身内や身近な人にもずいぶん迷惑をかけている。家族や親戚のいろいろな催しがあるときや、家庭での行事があっても指導にあたることが多く、親戚の集まり事に参加できないので申し訳なく思うとともに諦めている。

また、最近の交通指導員会も様変わりをしている。指導員として活動する回数も少なく、型にはまった指導だけで活動しているようだ。以前は自分の仕事の都合で指導することができなくなると、会員に迷惑がかかるというので退職したのだが、いまはそんなこともない。先輩として以前の指導活動のことを話すと、

「昔はそうやったかもしれないけれど、現代は今流に合わせていくのが本当や」

と言うので、指導員も落ちぶれたなと残念に思う。

指導員会は決して厳しい会ではないが、厳しさがなくなると会そのものの節度がなくなってくる。

ある何人かの住民から、このごろ指導員会はあまり活動していないのではないかと言われたときには、自分個人としては情けなかった。素晴らしい指導員会であるのに残念なことである。

会員同士の話の中で、

「なんとかしてほしい」

と騒いだときもある。

私に、

「年配者だから」

と言う者がいるが、立場上私の出る幕ではない。一人ひとりが指導員であることを自覚する以外にない。

自分も高齢になったし高齢者の死亡事故が多発しているので、より以上に高齢者安全対策の勉強をして、老人センターや各施設での高齢者安全運動や実技指導にあたっている。若かりしころよく顔を合わせた方が講習に来るので、懐かしいときもある。家庭訪問すると、若い家庭は鍵がかかっており、出てくるのは老人ばかりである。最近は高齢者家庭を訪問して老人たちに啓蒙を促している。私個人としては、夜光反射材（リフレクター、腕に巻くものなど）を夜にウォーキングしている方などに配ったり、知り合いに渡したりしているが、誰一人利用してくれない。残念である。タンスの肥やしにしているのだろうか。

面白い話がある。何年前のことか、三十年前ぐらいかな、毎月の定例会のとき、私個人として普通に考えたことなのに、警察のほうは大変であったことがあった。交差点の信号機を好意的に止めたことである。自動車に乗る人にアピールするためである。後で交通課の課長に聞いた話だが、大野署はもちろん県警本部、東京の警察本部まで連絡をして許可が下りてくるまで大変であったらしい。大野指導員会が信号を止めるというので、福井署から鯖江署勝山署関係の交通指導員がわざわざ視察に来られた。実際は一時間止めるところを、危険が伴うというので三十分で中止にした。何十年も前の昔の話である。

妻が介護施設に勤めている関係で、高齢者の認知症や老人性痴呆症、熱中症などの特徴などを話し合って、指導をするときにも参考にしている。

自分の体が背筋を伸ばしてお世話できる間は、子供や老人、地域住民のためにできる限り指導に頑張りたい。率先して奉仕活動をしていると、幸せや楽しみがどんどん舞い込んでくる。有り難いことだ。

私もとうとう定年退職を迎えることになった。私はまだまだ頑張るつもりでいたが、役員上層部の方たちが指導員規則を改定して定年制にしたので、辞めざるを得なかった。四十余年近く頑張ったのに残念である。高齢化社会なので、いまだ現役で頑張っている職業の方や、私の妻は定年を過ぎていまだ現役で働き、年齢も七十五歳を過ぎているが奉仕活動を続けている。百歳の医者や九十歳の助産婦もいる。人に尽くせる人生が一番素晴らしいと私は思っている。

いままで仕事の話はあまり書かなかったが、少しだけ書いてみよう。

学校を卒業してから自転車業の世界に入り、入った店が半鉄工所のようで、自転車販売、自転車の組み立てはもちろん、車体の改造を相当手掛けた。その年ごろから原動機付自転車がはやりかけた。自転車の車体は高く危険を伴うので、低床式に改造した。原動機付自転車もいろいろなメーカーができたときである。ホンダカブ、スズキ、トウヨウモーター、他にも多種多様にあった。どこで知ってきたのか、ヤマハからも車体の図面が持ち込まれた。音楽の会社なのになぜと思った。

二年で店を変わり、原動機自転車も相当様変わりしてきた。スクータータイプのものも出てきた。私はいろいろ細工することが好きで、自転車を改造して一輪車からタンデム車(二人乗り自転車)、背の高い自転車(このときは新聞にも出た)、オートバイにリヤカーを改造した荷物用のサイドカーも作った。これらはみんな設計図がなく、自分でもいま思うとよくできたものだと思っている。

またあるときには、ひと冬に三台のオートバイのエンジンを分解し、車体も分解した(分解しなかったのは電気関係のマグネットだけである)。この時代のメッキや塗料関係は今のように良いものではなく、さびや塗料がはげた時代であり、リサイクルするのがはやった時代である。組み立てに入ると、エンジン(オーバヘッドカムシャフト)などは、タイミングバルブが狂うと絶対にエンジンがかからない。エンジンを分解してすぐ組むときはよいのだが、メッキ加工などで二十日ほどかかるから、頭の中に考えを置いておくのが大変だ。忘れてしまうと、もう組み上げられない。しかしよくできたものだ、と我ながらすごいと思う。

自動車はあまり改造することができず、ライトバンの自動車の左右にストップランプを取り付けた（自動車の中に）。これらを真似たのだろうと思うことが、現在の自動車の中央にあるストップランプである。誰かがこれらを見て真似たものであろうと思っているが、そうでないかもしれない。世界的に自動車についているこのストップランプは、高い位置に取り付けたのでよく見えることは確かだ。なんの用途もない我々のときも、飾りとして付けたものである（六十有余年前のことである）。

話は変わるが、団地に住宅を建てたときに、玄関周りに雪囲いの代わりに並板（不透明のものしかなかった時代）で木材を加工して、吹雪が入り込まないように囲った。素晴らしいものができた。三、四年ほどたったとき、アルミ製でガラスを入れた同様のものが出てきた。誰かが団地を回って見ていったのではないかと思っている。加工品は丈夫にできているから、大会社だから特許も取ってあると思っている。

自分を語る

人間長生きをするといろいろな人間模様に出くわす。年を取るとともにいやなことだけ避けて通りたいが、そういうわけにはいかないのが日常生活の中の宿命かもしれない。若い時から優柔不断で融通の利かない、自分本意で四角四面に世の中を通そうとしている己があった。年老いてからは年相応の柔軟性を持たせていくように心がけている。

妻と結婚してから家庭を築くことはできたが、一家の長男としての忙しさ（盆や正月）という、人との付き合いを味わったことがない。子供も長男一人で生まれも遅く、楽なような寂しいところもある。新所帯であり娘もいないから、嫁に出すこともない。どこの家でも、その家庭から何人かの娘を嫁に出しているだろう。

私のいる間には、この新築した家から嫁ぎに出る娘の光景や状況を想像できないし、親の心境は経験できないと思っていた。

自分を語る　その一

ところが、妻の妹から平成十一年の春、

「息子の嫁が福井市から花嫁衣装で車に乗ってやってくるのは大変だから」（この時点ではまだ他人）、
と話し、

「お姉ちゃんのこの家で花嫁衣装に着飾って、家に迎えたいの」

と頼みに来たので、妻は喜んで場所を提供した。

私と妻は二、三日前から掃除やなんやかんやと片づけごとに多忙をきわめたが、妻が嬉しそうに、

「私らの代に見ることができないことを経験できるのは、大きな慶びでありおめでたいことだ」

と大喜びである。

当日、離れ座敷で身支度をしていた美容師さんはもちろん、娘さんの両親や親戚がうちに集まり、仕立てをして嫁ぎ先に嫁いでいった。

このとき、義妹はもちろん娘さんも花嫁衣装の着替えを、

「お義母さんのお姉さんの家でする」

と両親に話していなかったのか、珍客である両親や親戚の者たちも、挨拶らしき挨拶を私にしてくれない。美容師さんの住宅とでも思ったのだろうか。

お慶びごとだから、お茶ではなく昆布茶と和菓子を用意して、

「この家の主でございます、本日はおめでとうございます」

と父親と身内の者に丁重《ていちょう》に挨拶をした。母親は知っていたのかどうか、離れで娘さんの着飾り具合を見つめているのでいなかったが、父親が、

「お世話になります」

の一声であった。私は拍子抜けしたが、妻が私の身内や近所のお母さん方に、

「妹の息子と結婚する花嫁さんの仕立てをうちでする」

と宣伝しておいたので、多くの女性が仕立てあがりの花嫁さんを見に来てくれた。家の中が右往左往してにぎやかであった。こんな風景はこのへんの祝いごとの一つであり、訪れた客にはご祝儀としてお祝い饅頭《まんじゅう》を手渡す習わしである。

応接室の客人たちはと、戸を開けたとき、娘さんのお父さんが慌ててひざまずいて私に挨拶をし始めた。

「お義姉さんとは知らず、これから娘をよろしくお願いします。大変失礼しました」

と丁寧に挨拶された。やはり知らなかったのだ。

花嫁衣装に身を着飾った娘さんが、玄関先で頭を下げて出て行く華やかな姿を見て、昔、姉たちが実家から嫁いでいく姿を思い出し、笑顔で送り出した。

義妹家は製材所兼建築業をしているので、披露宴会場では二百五十人ほどの祝いの来賓客がいた。

妻は日本舞踊をやっていたので、現代風黒田節を披露して甥の結婚式を祝福し、宴を盛り上げていた。

それからしばらくしてから、義妹が亡くなった。

このごろの妻は、妹が亡くなってから妹が作っていた野菜畑の世話をしたりして、甥の嫁が娘のように甘えてくれるので、なんやかんやと喜んで受けとめている。電話したり訪れたりと、娘を持った気持ちでいるのか、楽しさいっぱいの妻である。最高の幸福を味わっているようである。

自分を語る　その二

なぜか私は人生経験が豊富でもないのに、こうしていろいろなことを勉強させられる。人のつながりとは面白いものだ。

親戚の方から頼まれて花嫁の父を演じたこともある。娘を持ったことのない私は娘を結婚させる気持ちってその雰囲気で、本当の花嫁の父ってこのように嬉しさ寂しさが生まれるものだろうと、連れていった娘との交際はあまりないが、幸せでいるだろうといつもなにかの拍子に思い出し、幸福であるように祈っている。

私は親分肌ではないが、なぜか人のためにする厚意が自分の喜びにつながってくる。中には悲しさのあることにも出会うが、誰でもが簡単に経験できないことが徳として身に備わっているのだろうか、といつも不思議に考える。

また、自分がなんらかの会長とか組織の上にいる立場のときのこと、町内会長をしているときには、町内の道路の拡幅工事があり、完成祝賀祭が催された。町内としては五十年、百年に一回の祝賀行事である。市長をはじめ行政関係者、区長から工事関係者を招待して会長を務めた。

また、交通指導員会長をしているときは、交通安全関係で全国功労者団体表彰を受けている。

しかし、ここ近年、霊感ではないがチラッと頭を掠《かす》めることが現実になることが多い。自分がそうなるのではないかと思ったことが現実化されるのがなぜか不思議だ。今年は自分の予想以上のことが現実に起きている。

たまたま自分が会長のときに出くわしただけであり、偶然の一致である。

神通力があるわけでもなし、事の良し悪しは別として、大小を問わず数多くのこのような経験を積んでいる。

妻は、

「お父さんは幸せだよ、これだけの人望があるのだから。これがもう少し金儲けのほうに傾くと良かったのにね」

と言う。

金儲けには縁が薄く、妻に気苦労をかけているが、これらの物ごとに対して利害関係が一切ないのが自分であり、自分に備わった大きな取り柄と最高の満足感を味わっている。これからもできるだけ人の人生に寛容になって、やり尽くせたらと願っている。

自分を語る　その三

これらとは正反対に、私という人間を割と簡単にあしらわれて、忘れられないことがある。それは、私の名前にあるのかそれとも人間性にあるのかわからないが、不思議なほど多い。

若い時（昭和三十二、三年ごろ）、仕事中にたがねの頭の部分が目に刺さった。それも黒目に。夕方だったので、あくる朝一番に町医者に診てもらったら、一晩置いたのが悪く、町医者では診療できず、紹介されて県立病院に行ったとき、総合窓口で眼科の受付をして廊下で待っていても、名前を呼んでくれない。町医者からの書類を提出して、朝一番の受付のはずが、後から来る人が順に出入りして帰っていく。

昼近くなってから眼科に再度尋ねると、受けつけた方が書類をぽいとそのへんに置いたからで、主治医が、

「紹介状まである救急患者を、なぜ今までほっておく」

と受付の女性をたしなめている。

そのあと二時間ほどかかって手術をして鉄片を取り除くことができた。鉄片が取れなければ、タクシー（救急車がまだない時代）で金沢医大に行く用意を病院がしていた。看護師長や先生方が平謝りである。このときの怪我で視力が三十パーセントに落ちてしまった。

また、仕事で機械の回転部に手を入れて（スイッチを切ったのだけどまだ惰性で回転していたため）手のひらに大怪我をした時（昭和六十年ごろ）は、

「ひょっとしたら手の指が何本か動かなくなるかもしれない」

と、医者や看護婦が言うので、町医者から福井医大に診察を仰いだ。

そのときも、外科受付をしていくら待っても診てもらえない。後に来た人が先に帰って行く。予約制になっていて順番が回ってこないのかと思っていた。何十人といた外科の待

合室が四、五人になったとき、受付の女性が、

「誰か待ち合わせですか」

と、首から腕を吊って固定している私に尋ねた。

「二時間ほど前に受付をしたのですが、呼んでもらえなくて」

それでも受付の方が、

「診察券出されましたか」

と尋ねるので腹が立ち、だまって帰ろうとしたら、外科の先生が直々に、

「大変失礼をしました」

と追いかけてきた。

受付から診察室まで診察券（カルテ）を探したのであろう。書類がどうなっていたのかわからないが、担当医から、

「今度からこのようなことのないように気をつけます」

と、機嫌よく診察をしていただいた。病院は待たされるものと思い込んでいたから……。

つい最近も同様の出来事があったばかりだ。これらはみんななにが原因なのかまったくわからないが、人間性が悪いのか、名前のせいなのか、軽くあしらわれているのだと諦めている。

息子の結婚式

私も数え年で八十歳である（子供を授かったのが四十五歳のとき）。

八十歳で初めての新郎の父である。

息子の結婚式では泣かないつもりでいたが、泣かされた。二人が礼装した晴れ姿を目の当たりにしたとき、年のせいか涙もろくなったのか、込み上げる嗚咽をこらえることができなかった。この日を迎え、幸せの絶頂である。

息子は、三、四年前から彼女を連れてくるようになった。

我々夫婦には内緒にして、彼女と交際していた。連れてきたときは我々夫婦に目で合図して、寄せつかないように居間や台所に押しやり、自分たちは二階に上がってゆく。

妻と飯台を囲んで話しながら、

「嫁さんにでもするのか」

と、妻と探りを入れたが、いっこうにその気配はなかった。一年前のお盆ごろから向こうの家族に会い、食事会をやっているようであった。

向こうの両親に会うということは、なにか考えているのか。

このころから息子の様子が少し変わってきた。結婚するとは言わなかったが、交際はしているようだ。

「長すぎた春になるよ」

と諭して間もなく、彼女もお兄さん夫婦（親と同居）が結婚しているので、アパートを借りて生活をしている様子だった。

「一人は寂しいし怖いから」

と、息子と二階で寝起きするようになったが、食事などはしなかった。

あるとき、突然息子が、

「今晩彼女のお母さんが挨拶に来る、娘が世話になっているから」

と言って我々を驚かせた。

「僕と彼女の晩ご飯二人分ある？」

と訊き、それからは都合の悪いときは彼女と家で夕食を共にするようになり、我々はできるだけ先に食事をすませ、二人だけにしてやった。お互いに話し合いながら、自分たちだけが嬉しそうに食事をしている。それでも二人は結婚するとは言わなかった。二人が一

緒になる気配は感じていたが、いつまでもこのような状態では困るので、

「向こうの両親にこれからの希望を話してこい」

と諭したが、それでも一緒になるとは言わなかった。二階の倉庫のようなところで寝泊まりをしているので、

「二階で二人で生活するなら、部屋を作り間仕切りをしたら」

と話し、私は息子に、

「お父さんも年だから長くは生きられないよ。結婚するなら一日でも早いほうがいいのでは」

と言うと、息子が、

「そんな寂しい話はしないでくれ」

と言ってから、様子が一変した。息子は秋半ばのころになってから、

「お父さん、結婚してもいいか」

と言い、いままでの生活から百八十度変わってきた。

私たちと夕食を共にして、家族同様の生活を始めた。

今まで息子たちの住んでいるところは、三・五間の空間の部分で、店をしていたときの倉庫だったのである。私がベニヤ板で半分に間仕切りしたところで寝起きをしていた。

休みになると、二人で家の森（あらゆる住宅会社の見本市場）に出かけて住宅の間取りを見学して、いろいろ考えているようである。二階の増改築から施工まで自分たちで案を練っているようであった。

毎晩のように間取りや部屋数、将来子供ができたら子供部屋まで、現代式なのか三階をロフト式にして、こちらの思いもしないことを考えている。

息子は妻や私を大事にするようになった。彼女の親に話をするように仕向けるが、なかなか進まぬようだ。自分なりに考えているのだろう。

増改築の話は進めていたが、しばらくしてから、二人は彼女の家に結婚の許しを得に挨拶に出かけた。そして笑顔で帰ってくるや、我々夫婦にも結婚報告をしてくれた。

「僕、彼女と結婚して一緒になるから」

妻と二人で手を叩いて祝福してやり、

「おめでとう」

と応えた。妻が、

「お父さんよかったね」

喜び合い、そこに式場があるように見えた。

四人が嬉しさをかみしめながら、夕食をすませた。

二階の増改築も、はじめは私の意見を述べてみたが、

「自分たちの生活するところだから、自分たち二人に任せてほしい」

と言って、二人で間取りなどの設計を施し、表通りの正面はこちらの希望する町屋風にすることにした。それからは一切口出しをしなかった。

息子たちの心の中がガラリと変わり、二人とももう結婚している夫婦に見えた。息子に、

「婚約指輪を作ってやれ」

と託し、

「少々高くてもいいから良いものを作れ」

とも言った。そして、いつの間に注文したのか結婚指輪も作り、両方とも特注なので日数がかかった。

婚約指輪と結婚指輪は自分の貯金から払ったようだ。

「結婚式の費用はお父さん払ってくれる？」

と言うので、頷いてやった。

嫁さんになる恵さんは仕事柄、老人施設に勤めているので介護士の免許はあったが、ケアマネージャーの試験を受けるため二階の我々が使用していた部屋で、二、三カ月ぐらい前から夜中まで一人で勉強していた。

妻が、

「夜食でも作ってやるか」

と言うので、

「かえって気をつかうからやめておきなさい」

とさとした。

それからしばらくして、インターネットで調べたのか、恵さんは、

「私、試験受かっているみたい」

と喜び、正式に通知はないけれど、一生懸命勉強したかいがあってみごと合格できた。

年によって試験の合格率が良いときと悪いときがあり、受かれば自分のものである。現代はどの職業も免許証や合格証が必要であり、あるかないかで職場の立場が大違いである。

住所変更、名前の変更といろいろと手続きが複雑になるからと二人で相談して、我々とも話し合ってから、恵さんがケアマネージャーの試験に受かってから、市役所で婚姻届の提出をすませた。

そして、向こうの両親や家族とも正式に挨拶もしたいので、ホテルで顔合わせをすることにした。

ホテル側は慣れたもので、準備万端そろえてくれた。

婚約指輪が先に仕上がったので、家族に披露がてらに見せながら二人は晴れやかな笑顔で喜んでいる。本人同士と家族だけで顔を合わせ、話題は当人同士の気持ちや、媒酌人を頼まないことなどを話し合い、会食をしながら、彼女のおばあさんが涙を流して喜んで、嬉しさを表現していた。

私どもも息子に、

「二人でがんばって幸福になれや」

とアドバイスをして励ました。

結婚式披露宴の日取りは決まっていないが、息子たちが言うには、

「どこの式場も最良の日は来年までいっぱいである」

とのことで、

「とにかく式場の空いているところを、あたってみろ」

と息子たちに任せた。

息子たちの結婚準備と、家の増改築が併行して進行するので、喜びが忙殺されつつあり、夢の中をさまよっているようである。

結婚式の準備は全部息子たちに任せた。日取りも決まり、結婚指輪もできたが、増改築の工務店の工事が遅れて、お盆ごろには仕上がる予定が結婚式前日までかかった。

妻は結婚式の準備で楽しそうである。離れ座敷で衣装を広げたり羽織ったりたたんだりして、笑顔が絶えない。妻に付き添って眺めている自分がそこにいて、現実なのか夢なのか惑わされる気がした。

何十年か前に嫁いでいた実家の姪が貸衣装店を開業していたが、夫の都合で店を閉店し、貸衣装など業者に引き取ってもらったそうだ。そのとき妻に、

「寿君（息子）が結婚したら、間に合うように」

と留袖を一揃え頂いた。

新郎の母親用として最高のものである。

いつも虫干しをしているとき、

「これを着られるときが来るかしら」

としゃべりながら眺めていたが、妻の思っていたとおりに身につけるときが来た。

私の兄弟や妻の義兄姉たちも年輪を重ねているが、

「服か着物かなにを着る」

と毎日のように代わる代わる電話で話して、

「おばあちゃんになってから結婚式披露宴に出られる」

と皆がてんやわんやで喜んで話が弾み、一つの電話が幾重にも広がって、皆が人生を謳

歌している。

息子たちも毎日が大変であった。衣装合わせや試食会やと、式場に行ったり来たりである。

結婚式に参列をしてくれる招待客には、恵さんが案内状の上書きを全部書いてくれた。その達筆に驚くとともに親としては子供にくっついているだけである。

結婚式披露宴の金額が相当かさむので、自分たちでできることは仕上げていった。式場の規則なのか、引き出物の持ち込みや、時間超過などによって引き出物は倍以上の持ち込み料金が加算され、時間超過は出席人数分だけ払わされて、四、五十万払ったという方もいる。恵さんが、

「花嫁衣装での前撮りをやめ、花嫁の持つブーケも生花は高いから造花にしようか」

と悲しそうな顔をして嘆くので、

「お金のことは心配するな、お父さんが払ってやる。老いてから自分らの結婚式を思い出すときに悔いが残るから」

と言うと、明るい笑顔が戻った。

結婚式当日（平成二十七年九月二十六日）は、家の前まで式場が仕立てたバスが親戚の祝い客たちを迎えに来てくれた。我々は一足先に妻の妹の息子に運転をお願いして式場に

足を運んだ。

子供たちが式場の準備（現代式）は全部やってくれたので、親としては控え室で来客者と挨拶を交わすことで事足りた。

場内放送のチャイムが鳴り、式場に案内された。式場では電子オルガンで我々を迎えてくれた。

進行係が、

「由乃家、前田家の結婚式の始まりです」

と案内し、

「新郎の入場です」

と、神父に続いて息子が入場してきた。少しはにかんでいるようであったが、自分の息子でありながら凜々しく成長した立派な青年がそこにいるのが、不思議に思えた。

「続いて新婦の入場です」

大きな扉が開口すると、純白のウェディングドレス姿の花嫁の恵さんが父親と寄り添って立っている。父親の腕に手を携え一礼して、バージンロードを一歩一歩歩む。恵さんの父親は笑顔いっぱいに会釈をしながら、娘を見ながら歩を進めている。

親戚や来賓の拍手が鳴りやまない中で、私が一生見てきた夢の一瞬がかなえられる瞬間である。自分の息子の嫁というよりかわいい娘のようで、しかし、よく息子の嫁になってくれたなと思った瞬間、涙が溢れた。

後で新婦の父から、

「お父さんが泣くから僕も泣かされた」

と言われた。

披露宴は型どおりの披露宴で、主賓の挨拶、恵さんの上司の挨拶、友人の挨拶をいただき華々しいものであった。

和装に衣装替えをしたとき、蛇の目傘の相合い傘で登場してきた。司会者も紹介していたが、この蛇の目傘は妻が結婚したときに（五十四年前）花嫁道具の一つとして持参してきたものである。妻が一、二回使用してから下駄箱の片隅で眠っていたものだ。息子が、

「傘ないんか、蛇の目傘」

と下駄箱から取り出し広げてみると、破れや傷もなく立派なものであったので、この傘を式場に持ち込んだのである。

披露宴会場の司会者の方も、蛇の目傘の話を紹介していた。

昔式の自分たちの結婚式より、現代的な式が子供たちにはどのように映っているのだろうかと思う。衣装替えでお開きを迎えるにあたり、子供（恵さん）から両親への挨拶でま

た泣かされて、最後はご両家の代表として新郎の父と新郎の挨拶でお開きになる。花嫁の挨拶も途中までは聞いていたが、自分の挨拶ができるかどうか迷いが走り、一瞬なにも聞こえなくなった。はっと我に返って司会者のしゃべりを耳にして挨拶に入った。

「両家を代表してご挨拶申し上げます。本日ご来賓の皆様には公私共にご多忙の中を、私ども子供の結婚式披露宴にご臨席を賜り誠にありがとうございます。なお、先ほど主賓の皆様には心温まるお祝いのお言葉喜び励ましのお言葉を賜り、親として大変嬉しく深くお礼申し上げます。私が息子と初めて顔を合わせたのは妻と結婚して二十年目の春でした。そのときなにを思ってか、おまえにはどんなお嫁さんが来てくれるのかなと、願いがかなうように願掛けをしました。おかげさまで前田様ご夫妻が大切に育まれました恵様と私の息子が出会い、笑顔の優しい気立てのかわいいお嫁さんを伴侶に迎え、本日皆様方に晴れ姿をご披露できますことは最高の喜びであり、大きな幸せに感謝しております。幸い二人は我らとともに生活してくれますが、いまだ若輩者でございます、田の中を真っすぐ邁進できますように、本日、ご来席の若い皆様方のエネルギッシュな心で、ご支援ご指導賜り絆を深めてくださいますよう、伏してお願いを申し上げます。今日は我々親も嬉しさで舞い上がっており、皆様方へのご拝領、不行き届きのありましたことを深くお詫びします。本日はこの会場いっぱいにご来席の皆様のご繁栄と、ご多幸、ご健康を祈念いたしまして、お礼の挨拶とします」

一生に一度の最高の挨拶を、緊張していたが自分なりに落ち着いてできたので気が楽になった。

恵さんの両親と挨拶する間もなく、みんなバスに便乗してくれた。バスの中では披露宴の続きをやっている者もおり、家に着くと二次会の祝宴である。お互い普段は親戚や兄弟、従兄弟たちと会って話したりしないから、披露宴よりにぎやかである。主役の子供たちも、友人たちが祝ってくれるからと、親戚のおじさんやおばさんへの挨拶もそこそこに出かけた。中一日置いて、アメリカのラスベガスに新婚旅行にでかけた。

我が家の大黒柱はこれからどのような生活を望んでいるのか、老いの身は床柱ならぬ間柱として息子に任せることにした。

孫が生まれて

妻と二人になると、息子が結婚したのがよほど嬉しいのか、毎日のように、

「お父さんよかったね」

「そうだね。まさか息子が一緒に住んでくれるとは思わなかったね」

と言っては喜んでいる。

最近は、若い方たちとの同居生活をしている家庭はほとんどないに等しい。近所の方や兄弟、友達が羨ましがっている。

仕事の関係で息子夫婦の帰りが遅いときは、妻と先に夕食をすませる。

食事内容は若い者と異なるときもあるが、妻もいまだ仕事を持っているので出来合いのものが多くなると、それをまた加工することもある。

せわしかった結婚式などを終えてから、落ち着きを取り戻し、平常の生活に戻りつつお正月を迎える準備などをしているとき、息子たちがなにか様子がおかしいので尋ねたとこ

ろ、

「ひょっとすると子供ができたかもしれない」

と息子が言うので、

「ハネムーンベビーか」

と訊くと、

「そうじゃないみたい」

それから二人は養育病院に出かけ、帰ってくると、

「二カ月だって」

とあっさりしたものである。

「そうか、よかったな」

と言いながら、体の震えがなかなか止まらなかった。

なぜなら、我ら夫婦は子供に恵まれるまで二十年の隔たりがあり，息子たちもなかなかできないのではないか、と大変心配していたから。

それから毎月の健診に出かけては、

「順調だって」

と報告があった。時期が寒いときだから体を冷やさないように勧めて、いたわるように

した。

何回目かの健診を受けて息子たちが帰ってきたとき、息子が持っていた袋から青い縞模様の小さな靴下を取り出し、

「坊やって、坊や」

嬉しさのために、さっそくどこかで買ってきたのであろう。息子の気持ちが私にも伝わってくる。

息子たちから、

「身二つになるとしばらく旅行もできないから」

と旅行の提案があり、家族旅行を計画した。

電車にするか車にするか、迷った。おなかの大きい恵さんには電車が良いみたいだし、自家用車はおなかが大きいから窮屈だろうと、なかなか決まらなかったが、息子が、

「今式のレンタカーを借りていこう」

と、大きなワゴン車を借りることにした。

旅館や観光コースは息子に任せ、二人は車から降りると必ず手をつないで歩く姿が、見ていてもほほえましく、楽しさいっぱいである。

まさか一緒に旅行に連れて行ってくれるとは思わなかったから、嬉しい思い出ができて、

妻と喜んでいる。

ときどき恵さんと話すときに、

「私の友達もみんな一週間ぐらい遅れるそうだから」

と聞いていた。予定日が近くなると心待ちに心配である。二人に、

「名前は決めてあるのか」

と尋ねると、

「もう決めてある」

と。

「お父さんは今式のキラキラネームは好きでないから」

と言うと、

「僕らも好きでないから」

と答えてくれた。

予定日より早めに兆候が見えてきたのですぐに入院し、息子が連れて行き、翌朝電話で生まれたからと連絡があった。午前中は子供に会わせてもらえないから午後に来てほしいと言われ、午後に出かけた。個室にいる恵さんに労をねぎらう言葉をかけ、ベビー室に並

んでいる赤子をカーテン越しに眺めている老夫婦二人。

「孫だ、孫だ、初孫だ！」

大きな声で叫びたい心境である。赤子を眺めていても飽きることがなく、同じ日に生まれた赤子をそれぞれの身内がひいき目に言葉を交わして眺めている。退院するまで毎日会いにでかけた。

恵さんは退院してから実家に帰り養生をしていたが、一回だけ赤ちゃんに会いに行った。二人が寝ている部屋の棚の上に、「命名　京壱」と記されているのを見て息子に、

「壱から京とは大変良い名前だ。京は実際には使わないが、おカネで言えば兆の上だよ」

と話した。

孫渡しの日に、親子ともども戻ってきた。日に日に変わる孫を眺めていると、寿命がどんどん延びる気がする。二カ月になったころ、赤子に愛想を向けると声を出して笑ってくれるので、こちらも、

「京一や、おじいちゃんや」

と声を出すと、口を開けて叫ぶように笑いを返してくれる。

宮参りはこの地方のしきたりで、赤ちゃんの百日目のお祝いをする。町の氏神様に、健やかに育つように願い、家族みんなでお参りに出かけた。

神社の都合で先に写真館で写真を写し、息子はダークスーツ、若嫁は訪問着姿で、私は背広と妻は付け下げ訪問着を着て写真を撮り、神社では宮司が厳かにご祈祷をあげてくれた。若嫁の実家夫婦も、同時にお祝いに参加してくれた。早めの夕食にしてみんなでにぎやかにお祝いの行事を執り行うことができて、大喜びである。

初孫に次いで、二番目の孫ができた。女の子だ。二人目ができてから若夫婦は、我々に対して子供のことに口やかましくなってきた。顔立ちは私の実母にそっくりで、二重瞼でえくぼができて、頭の毛は先のほうにカールがかった天然パーマのようで、大きくなったらかわいいのではないだろうか。

「じいちゃんばあちゃんがそばにいると、孫たちが食事をしないから」

と、食事も、時間をずらして食べるようになってきた。

長男はおぼこなのか食が細く、食べるのに手がかかるのに対して、長女はぽっちゃり体形で食欲旺盛である。兄妹でも違いがあるようだ。

育て方や養育に対して、我々は口を出さないようにしている。

最近の孫たちはババ抜きジジ抜きで生活している家族がほとんどであり、我々は孫の顔が毎日見られるだけで大きな幸せである。

妻と沖縄旅行をしたときに、孫（長男）のおみやげに背中に担ぐアンパンマンのナップザックを買ってやると、喜んでどこかへ出かけるときにも担いで行く。お盆には、六呂師《ろくろし》高原に鷹匠《たかじょう》が来るというので、孫たちと出かけた。駐車場に車を止めて、孫の手を引いて坂道を上る。道端の草花を見てきれいだと言ったり、マツカサを拾って歩いたりしていると、そのうちに、

「おじいちゃんおんぶして」

外で孫をおんぶして会話をするのが初めてだったから、涙が出るほど嬉しかった。鷹匠は鷹を飛ばす訓練を見せてくれている。孫ははじめは物珍しく見物していたが、鷹が飛んだりするのを怖がり、そのうちに道端や林の中に落ちているマツカサやドングリ、青い栗のいがを拾い、五つ六つ拾って私に預けて、また拾い集めた。

夏のさんさんと照りつける太陽の林の中の散歩は、素晴らしく新鮮に感じる。孫がこの自然の中にとけこんで遊ぶ姿は、忘れることがないだろう。最近は年寄りとの生活が少なくなり、核家族の家庭が多く、小、中学校で道義的な情愛のある子供たちが少なくなることで、いじめや暴力的な子供が増えていくのではなかろうか……。

今は世界中がコロナで大変であるが、我が家ではそれ以上に大変である。息子が、

「三人目の子供ができたらしい」

と言う。妻と二十年間二人だったのが、晩年になってから七人家族になりそうだ。凄く嬉しい。

三人目を産んでくれる息子の嫁・恵さんに感謝している。

核家族化が進む現代では、誇りある家族としてなにか自分が偉くなったように思う。そんな気がする年老いたおじいちゃんである。

子供は、生まれて三歳までに親孝行をすると言う。

子供泣かすな、来た道じゃ、年寄り笑うな行く道じゃ。

理解できる方も少ないだろう、これとは反対に、現代はあまり言わなくなったが、親孝行したいときには親はなし、と昔は自分の気持ちを言ったものだが、今は定年を越えた子供たち（爺、婆に孫がいる）は、この年で親はいらないと世間では言われているそうだ。

悲しい社会現象ではないだろうか、なぜこうなった。実家を出ている子供たちは兄や嫁に親が世話になりたくないし、自分たちがみることができないから、兄弟が三十人いると何でもありでわかるかな。

赤子で生まれて、赤子で逝くのが、人間の一生である。

過去を変えることはできないが、未来を変えることは誰でもできる。

これらの言い伝えのようなことも人間として必要ではなかろうか。

私も妻も共に元気である。家族のババ抜きジジ抜きにならぬように、妻は畑仕事に趣味の日本舞踊（花柳流）と、私個人としては、福井県警察本部高齢者交通安全リーダー協議会会長、大野警察署高齢者リーダー会長、大野市ペタンク連盟会長として、妻と趣味のスポーツのペタンクやパソコン相手に日々を暮らしている。人には親切に、あまり損得を言わなければ、後ろから幸せがついてくる。

頑張る八十代

それは本書の出版を決めた直前、突然の出来事。夫婦五回目の出場だった。若い頃にはあまり興味のなかったスポーツを六十歳ごろから始めた。ペタンクである。

ペタンクがニュースポーツとして日本に入ってきたのは昭和四十五年ごろと聞いた。子供から大人まで男女を問わず誰もが楽しめるスポーツで、フランスのラ・シオタという港町が発祥の地である。

ペタンクの用具は「ペタンクボール」という金属製の球（直径七十・五ミリメートルから八十ミリメートル、鉄・ステンレスで中空）と、「ビュット」という目標球（直径三センチ、木製か樹脂製）を使用する。ビュットを六メートルから十メートル以内に投げてビュットに近いチームが勝ちとなる（シングルスは一人三球、ダブルスは二人三球ずつ、トリプルスは三人がそれぞれ二球ずつ持つ）。相手の球を枠内から出したり飛ばしたりする頭脳的なスポーツで、一試合が四十分ほどあり、体力的には過激でなく我々としては最高のスポーツである。

大野市出身で県外在住の友人が、私の友人たちに用具持参で教えてくれたのが始めたきっかけである。重い鋼球を投げ合う競技でその面白さに興味を覚えた。

夜の夕食会でルールや点数のつけ方を習い、地元の友達同士で日曜日に練習を始めた。練習用具不足なので個人個人で調達しようと注文したところ、正式な試合に参加するためにはフランスの認定されたボールが必要と聞き、少々高かったが道具を揃えることができた。十四、五人の友達でペタンク協会を発足させた。県協会に問い合わせたところ、福井県のペタンク協会はすでに発足していた。県の協会に入り福井県大会も参加できるようになったので、三人一組、三チーム参加したが、点数が取れずに完全な敗退である。

県の支部長会議に参加して、東京から講師を招き正式なルールや競技の内容など講習を受けた。私は三級指導員、三級審判の資格を取得して、会員のみんなに教えたり講習会を開いたり多忙を極めた。

数年してから今度は二級審判の試験を受けた。午前中に講習を受け、本の内容のここが出ます、ここも出ますと言われ、いざ試験になると、○×ならぬ書き込み式であったが、七十に近い私でも書き込むことができた。午後には実技試験もあり六十パーセントぐらいできたかなとあまり期待はしなかったが、後日、合格通知が届いた。

それからは県大会があると審判を務めた。会長として年に何回かの大会があると、各チームの組み合わせのメンバー表作成、全員の監督を務め、三位以内に入賞すると自分の思いどおりの勝ちパターンになり、にんまりと微笑みながら楽しんだ。自分は競技大会に参加しないけれど参加した選手たちを誘導して勝ち取るのが夢であり、次の大会の参考にする。この時代ごろから妻を誘い、二人で競技会に参加するようになった。私はあまり試合には出ないが、妻は会員たちと一緒に組みながら上達していった。このときから全国健康福祉祭（ねんりんピック）に参加するようになり、県で優勝して参加資格を得るのである。

最初のねんりんピック参加は、二〇一〇年の隣県の石川県大会であった。高齢者（六十歳以上）の国民体育大会である（過激な競技はありません）。我々は開会式や入場行進の雰囲気に圧倒され、ペタンク大会の会場では　監督一人選手三人が、規模の大きさに驚愕的な打撃を受け、予選を通過することができなかった。全国から集う選手の皆さんと交流するのが精いっぱいで競技の楽しさや面白さを味わうどころではなかった。

二回目にねんりんピックに参加したのは、二〇一二年の宮城・仙台大会だった。東日本大震災の翌年で、大変な目に遭った方々から元気な歓迎を受けた。選手たちが団体で駅に

降り立った時に　誰、彼をいわずに会う人会う人が声をかけて手を振ってくれる。こちらも「こんにちは、こんにちは」と手を振り挨拶を交わした。

競技会では、予選を通過したが決勝戦では初戦で敗退である。このときに栗駒町の方々に世話になったが、お礼もそこそこに大きな喜びと感動を頂いた。夕食時はホテルの大広間で各県ごとに座席が用意されており、ホテルの主任が歓迎のためにカラオケを無料提供してくれた。舞台では自慢の喉を披露する者、地元芸をする者、民謡に踊りにと大宴会になり、楽しいひと時を過ごすことができた。どこにでも芸人がいるものだ。

また、忙しい中役場の方が、ホテル近くの栗駒山の素晴らしい紅葉をと展望台まで送り迎えしてくれた。あくる日は足を延ばして岩手県の金色堂を見学して帰路に就いた。駅で昨日の対戦相手であった選手と出会いお互いに握手を交わし、また大会で会いましょうと手を振って別れた。きっともう会うことのない方たちだけど、永遠への別れの気がしなかった。震災の後なのに素晴らしい出会いで思い出が深い。

このときの感動を今でも妻と話し合って思い出に花を咲かせている。

三回目は二〇一四年の栃木県大会で、一日目は憧れの鬼怒川温泉泊まりで、夜遅くホテルに到着、早朝の出発なので風景や街並みを見ている余裕がなくて残念であった。試合では勝ち残ることができなかったが、時間に余裕ができたので足を延ばして日光東照宮へお参りをした。妻と結婚した時も今回も陽明門がシートで囲われて全景を見ることができなかった。よくよくついてなかったのが残念である。

四回目のねんりんピックは二〇一八年の富山県大会である。予選をどうにか通過して決勝トーナメントに残り、一勝はしたがあとが続かなかった。

今までのねんりんピック大会は、監督と選手三人の四人で参加し誰か一人が入れ替わりするだけで「天空の城越前大野チーム」として参加した。

ホテルで意外な人との出会いがあった。コメディアンのWT氏（東京から剣道の選手として出場）で、我々の羽織っているジャンパーの背中の写真を見て声を掛けてくれた。

「天空の城越前大野城ですか、十二月の早朝が美しいそうだね」

「あなたは何に参加されるのですか」

「僕は剣道です」

お互いに見ず知らずなのに握手をして写真を撮って二日間を過ごした。田舎でのおっさん、おばさんに、声を掛けてくれなかったらそれまでで、大きな思い出の一つである。

福井県選手代表になり五回目のねんりんピック大会は、二〇二〇年の岐阜県大会である。

福井県社会福祉協議会からの要請で各選手からの書類提出になり、チームの抱負欄があったので、今度はベスト8に入りたいと書いた。また夫婦で五回目の出場になるとも書いた。そのせいかどうかわからないが、県の福祉協議会から電話があり、

「福井県選手団の旗手をお願いしたい」

と言われ、悪い話でもないので快く引き受けさせてもらった。

このころから全国のコロナ禍が激しくなり、大会が開催されるのかどうか、雲行きが怪しくなってきた。大会用のパンフレットや書類が送られてきたけれど開催するとも中止するとも言われなかったので期待していたが、一年延期が決定された。持病持ちの我々は自分の体を心配するばかりである。


翌年も何の連絡もなく、中止ということで終わってしまい、次の二〇二二年神奈川県大会にバトンタッチされた。

我々に出場権があるのかないのか、年末になってから会長から出られる旨連絡があり、妻と喜び合った。新年早々自分の体の疲れが出てきたが、孫たちからの、

「お爺ちゃん、頑張れ、頑張れ」

の声援をもらって春までには回復できた。医師からはあまり無理をしないようにとくぎ

を刺されたのでそれに従った。妻も食事療法をしてくれて大助かりである。

大会二カ月前から忙しくなってきた。いつもは大会出場者全員が、福井県知事の激励会を受けるのだが、コロナ禍のために団長旗手役員だけの福井県知事表敬訪問である。続いて、大野市長の激励会に出席。大会に参加する実感がドンドンわいてくる。日一日と試合に出る準備で大忙しだ。


二〇二二年十一月十一日、大会に出発するために福井駅に制服を着た選手たちが集まり、北陸線から米原駅で新幹線に乗り換え、しばらくぶりに乗る新幹線がすごく新しい物に見えた。子供に帰ったような夢見心地である。

列車内で駅弁を食べ、東京品川区での一泊をした。街中はビルの谷間で青空がわずかしか見えないのには驚いた。視野のないこんなところでよく生活ができるなと驚かされた。住めば都なのか？　駅での階段の上り下りも八十六歳の私には大変だよ。皆に置いてけぼりにされないように息を切らして立ち止まって休む暇もない。人の動きも気ぜわしく見えて目が回りそうだった。これからすると我々の生活はのんびりしているなと実感した。

あくる日は、横浜アリーナでの開会式である。入場行進は各チーム五名が参加できる。三年生くらいの子供たちが各県のプラカードを持って旗手が先頭に立ち晴れの舞台の始まりである。私や妻は何回かの経験があるが、一緒の彼は初めてなのでこの晴れ舞台の素晴らしさに感動したようだ。昼食もそこそこに、監督会議のためペタンク大会が行われる会場に出発。ほかの選手たちもそろって歓迎式典に参加。夜の泊まりは小田原駅近くのホテルである。

当日はブロック別にテントに集合し、試合相手の顔合わせだ。どのチームもまずはお土産の交換をする。ふるさとの味や記念品を交換すると、とたんに試合相手なのにテントの中が賑やかになる。久しぶりに会ったように握手を交わし、お互いの試合相手が見え隠れする。

四チーム総当たりで試合開始。我々の目標は予選突破である。

本来は監督である私が采配を振るうべきところ、いつもの試合でしたことのない妻がリードマンになり、第一試合を勝ち取った。

第二試合は相手の都合で不戦勝になった。

第三試合を勝てば、得失点はあるが決勝トーナメントに食い込めるかもしれない状況で、三人がお互いに、

「落ち着いて落ち着いてやろう」

と言葉を交わした。相手にリードされる時もあったが冷静に戦った成果が出て勝ち残っ

た。

その瞬間お互いに抱き合って喜び、その感動を地元に連絡したり、我々の練習台になってくれた同輩にメールで知らせたりした。同輩たちも喜びを知らせてくれた。

決勝戦当日は、会場に着くと一目散に組み合わせ掲示板を見に走った。福井県11番。対戦相手より番号が気に入った。私は「良い」と読み、これはひょっとすると勝てるかもしれないとの予感を感じた。このようなジンクスを重んじるわけではないが、気持ちが落ち着き誰にも話さないがそんな自分がいる。

前日の予選から変わって、得点は十三点先取（予選は十一点先取）、試合時間は一時間三人となった。昨日のように鉄則を守ろうと話し会い、試合開始。

最初に相手に一点二点と五点先取されてしまった。時間はある落ち着け、こちらが一点を取りビュット権を取って、今度はこちらが一点一点と積み重ね掲示板を見たら二点先取している。それからはシーソーゲームになりベスト16に勝ち上がった。前回（富山県大会）はここで負けたので念願のベスト8に残りたかった、ベスト8は相棒がイエローカードをもらい慌てたが勝ち上がり、三人で「何でや、何で勝ったんや」と喜んだ。

準決勝では勝ちを急ぎ、一点で勝てる試合だったが、まわりは六十、七十代の選手たちが多いなか、三人が八十代の我々では、集中力、気力、体力が欠乏してしまい、決勝戦進出を逃してしまった。しかし何の悔いもない。妻が私に、

「お父さんに勝ち運があったのよ。福井県選手団の旗手を務めるわ、一人だけのブロック別交換試合には勝つわ、何の支障もなく体が維持できたのが最高に良かったのが勝因で、こんなことはもうないね」

と言う。県大会でも何回か足がつって試合放棄があったので、試合中は特に心配をしてくれた。

息子にメールで勝ったことを報告すると喜んでくれた、そして電車の切符や新幹線の乗り換えなど心配をしてくれた。

他県に出ていたこともあり、地元に帰ってからはコロナウイルスの感染が心配だったので検査キットで陰性だったものの離れで過ごし、一週間は孫たちと顔を合わせないようにした。その後、市長に勝利報告をし、見慣れないであろうペタンク用具を持参して披露し、ゲーム内容を理解していただいた。

夫婦で五回目の出場ということで大野市の市報に掲載されることになり、晩年を楽しく暮らしている老夫婦である。

カッちんダルマ

カッちんダルマの歌

一、ダルマさんがころんだ　ダルマさんがころんだ
なぜ　ころんだの　カッちんダルマ
まだちいさな雪ダルマ　一人ぼっちがさみしいよ
ああ…それはかわいそう
みんな仲良く遊ぼうよ　おしくらまんじゅうに雪合戦

二、ダルマさんがころんだ　ダルマさんがころんだ
なぜ　いじめだよ　カッちんダルマ
冷たい心のいじめっ子　あったか心は友達だ

ああ…それは嬉しいね
泣き虫弱虫意気地なし　勇気元気で立ちむかえ

三、ダルマさんがころんだ　ダルマさんがころんだ
なぜ　夢見るの　カッちんダルマ
夢がいっぱいあるからさ　夢でお腹ふくらまそう
ああ…それは　楽しいね
パンクしたよ　未来の夢が　僕はおいしいラーメン屋

四、ダルマさんがころんだ　ダルマさんがころんだ
なぜ　ころばない　カッちんダルマ
冬はバイバイさようなら　春を見つけて今日は
ああ…それは　ゆかいだね
誰がつけたか　カッちんダルマ　カッちんダルマはもう大人

ダルマさんがころんだ

一、みんなあつまれ　何してあそぼう
おにごっこか　かくれんぼ
かくれんぼにしよう
ジャンケンもってしー　しー
坊っちゃんの鬼
ダルマさんがころんだ　ダルマさんがころんだ
かくれろ　かくれた　もういいよ
やっちん　とんちゃん　みーつけた

二、みんなおいでよ　何してあそぼう
おにごっこか　ダルマさん
ダルマさんにしよう
ジャンケンもってしー　しー
茂ちゃんの鬼

ダルマさんがころんだ　ダルマさんがころんだ
うごいた　うごかん　だれだろな
まさちゃん　みえちゃん　みーつけた

三、みんなおいでよ　何してあそぼう
おにごっこか　かんぽけり
かんぽけりにしよう
ジャンケンもってしー　しー
房ちゃんの鬼
ダルマさんがころんだ　ダルマさんがころんだ
けったか　けれない　けられたよ
しょうちゃん　たーちゃん　みーつけた

カッちんダルマとは私のことである。福井の親方が私をかっちゃんと呼び、やんちゃな息子が、はやりかけた「ダルマさんがころんだ」のダルマをつけたのである。

おわりに

これらはみんな、私の実話を想い出として描いた物語である。妻や息子にも話したことがないから、突拍子もないことに大変驚くのではないだろうか。

これが、私という無口な男の人生である。

私の希望としては、「ダルマさんがころんだゲーム」は、私が小学校五年生の秋に発案したものであることを知ってもらいたいだけである。

著者プロフィール

由乃 坊（よしの ぼう）

1936年（昭和11年）、福井県大野市生まれ・在住。

中学を卒業後、店員勤務を経て、25歳の時に開業。25年で商売を廃業、その後会社員として勤務。

仕事の傍ら交通安全奉仕活動を48年にわたり行い、さまざまな賞を受賞した（交通指導員40有余年、福井県高齢者交通安全リーダー協議会16年）。

（受賞歴）福井県知事賞、大野市文化賞、福井県警察本部長賞、中部管区警察局長賞、ミドリ十字賞

ダルマさんがころんだ

2023年11月15日　初版第１刷発行

著　者　由乃 坊
発行者　瓜谷 綱延
発行所　株式会社文芸社
〒160-0022　東京都新宿区新宿1－10－1
電話　03-5369-3060（代表）
03-5369-2299（販売）

印刷所　図書印刷株式会社

ISBN978-4-286-30116-7